ウソつき夫婦のあやかし婚姻事情

～旦那さまは最強の天邪鬼⁉～

編乃 肌

JN030595

STARTS
スターツ出版株式会社

「愛しているよ、俺のお嫁さん」

「ウソですね、旦那さま」

これは、そんな一筋縄ではいかないウソつき夫婦が、お互いの『本当』を見つけるまでの物語。

目次

ウソつき夫婦のあやかし婚姻事情～旦那さまは最強の天邪鬼!?～

プロローグ

人生は選択の連続だというが、人には確実に『間違えた』と思う選択が、過去にひとつやふたつあるのではないか。

潮玲央奈《うしおれおな》にはある。

それはまだ中学生の頃の話で、彼女は大人になった今でも、そのときの選択を盛大に後悔している。

どうして自分はあのとき、肝試しになど行ってしまったのだろうか。


時は遡《さかのぼ》ること十年前。

「うう……やっぱり来なきゃよかった……」

か細く弱々しい呟《つぶや》きは、鬱蒼《うっそう》と茂る木の葉の狭間に吸い込まれて消えていく。玲央奈は湿った土を踏んで、薄暗い山道を懐中電灯だけを頼りに歩いていた。

時刻は夜の九時。

ここは玲央奈の通う中学校から、徒歩数分で着く山の中。

なぜ玲央奈がこんな時間にこんな場所にいるのかといえば、クラスメイトの男子が発した『肝試しやろうぜ!』の一言が原因だった。単純に夏だし楽しそうだし、身近にちょうどいい山があるから、というのが理由だ。

仲のいいクラスだったため、クラスメイトは全員参加が命じられた。

だが最初、玲央奈はキッパリと断ったのだ。

私は行かない、と。

実は玲央奈には、生まれつき〝人ならざる者〟の存在を認知できる力があった。玲央奈の母親にも同じ力があり、彼女が『それは〝あやかし〟と呼ばれるものよ』と教えてくれたので、玲央奈もそう呼んでいる。

ただ母の方が力は強く、母はあやかしの姿形もはっきり見えるらしいが、玲央奈はぼんやりとわかる程度。十五年間生きてきて直接的な害を受けたこともない。

だからといって、好き好んで危ない場所に行きたいとは思わなかった。

山や森の中は、あやかし連中が蔓延《はびこ》りやすいのだ。

……しかし現状、玲央奈がここにいるのは、彼女が極度の負けず嫌いだったことに起因する。

「怖いのかよ?なんてバカな煽《あお》りに、なんで乗っちゃったんだろう……」

怖くないわよ!と勇んで返した自分の方がよほどバカである。

しかも行きまでは友達と三人で歩いていたはずなのに、大きなスギの木を目印に折り返したところで、気付けばはぐれてひとりになっていた。

なかなか他の人とも出会えないし、そろそろ泣きそうだ。強がりな玲央奈はけっして泣きはしないけど。

「なんか、音がする……？」

不意に、バタバタと荒々しい足音が聞こえた。

近くに誰かいるのだろうか。

「ちょ、ちょっと待って、子供っ!?」

音のした先を懐中電灯で照らせば、こちらに向かって走ってくる五、六歳くらいの幼い子供がいた。大人もののウィンドブレーカーを、すっぽり被ってまるでワンピースのように着ているが、おそらく男の子だろう。

格好だけで訳ありなことは一目瞭然《いちもくりょうぜん》だ。

案の定、その子はなにかに追われているようだった。

「逃げろ！」

「えっ……」

どうしてこんな子供が、などと考える暇もない。

子供が叫ぶと同時に――玲央奈は見た。

その子の背後で威圧感を放つ、巨大な黒い塊。

闇の中でうぞうぞと蠢《うごめ》く〝ソレ〟は、あいにくと玲央奈の目にはおぼろ気にしか映らなかったが、とてつもなくヤバいものであることは理解できた。

ゾクリと、夏なのに冷気を感じて肌が震える。本能的な恐怖が全身を襲った。

だけど玲央奈は逃げなかった。ずしゃりと、子供が玲央奈の目の前で、前日の雨でぬかるんだ土に足を取られ、派手に転んでしまったから。

その子供をまるで喰《く》らおうとするように、黒の塊が迫る。

「危ない……！」

咄嗟《とっさ》の行動だった。

玲央奈は子供を守ろうと、その小さな体に覆いかぶさっていた。

驚きに見開かれた子供の目は、脈打つ血をそのまま閉じ込めたような赤色で、夜に負けないその鮮烈さに、玲央奈は場違いにも『綺麗だな』と思った。

次いでピリッと、黒い塊が触れた首筋に痛みが走る。

「――――！」

子供がなにかを叫んでいたが聞き取れず、ただ彼が無事であることに安堵して、そこで玲央奈は気を失った。


この出来事こそが、すべての始まり。

そして平和だった玲央奈の日常は終わりを告げる。

これを起点に彼女の人生は百八十度、容赦なく真っ逆さまに転落し、苦難の連続へと変わっていってしまうのである。

一話　お見合い相手は上司で半妖⁉

カツカツカツと、ヒールの音を響かせて早朝のオフィス街を闊歩《かっぽ》する。

己の背後を確認して、玲央奈は行儀悪くも舌打ちをしそうになった。

「もう、しつこい……！」

サッと腕時計を確認する。いつもは余裕たっぷりに出社するのだが、今朝は春のポカポカした陽気に誘われて、ほんの少し二度寝をしてしまい、僅かだが時間が押していた。

こういう日に限って、厄介なものに朝一で絡まれる。

玲央奈はテーラードジャケットのポケットに入れた、赤い巾着袋のお守りをひと撫でする。『これがきっと玲央奈を守ってくれるから』と、母がくれた大切な形見。

（今日も助けてね、お母さん）

玲央奈は心の中でそう呟いて、道行く人から身を隠せそうな、ビルとビルの隙間に入り込んだ。

〝ソイツ〟はちゃんと追いかけてきている。

ピタリと足を止めて、玲央奈は振り向いてソイツと対峙《たいじ》した。

「クワセロ、クワセロ」

ノイズのような嫌な声。

浮遊しているのは、小振りな玲央奈の顔と同じサイズの緑の球体。

ソイツは大きなひとつ目玉に、裂けた口から不揃いな歯が覗いていて、ケタケタといやらしく笑っている。だがあやかしの中でも、見るからに弱そうな雑魚あやかしだ。

このくらいの相手では、もはや玲央奈は怯まない。

「あいにくだけど、私はあんたに喰われる気なんてこれっぽっちもないの。さっさとどっか行きなさい！」

ぎゅっと拳を握って、緑の球体にパンチを叩き込む。女性の細腕にしてはなかなか強烈な右ストレートだ。

それだけで球体は「きゅう」と鳴いてダウンし、玲央奈はふんっと肩まである黒髪を払った。そこで再度腕時計を見て、進んだ針に青ざめる。

「ああ、遅刻する！　急がなきゃ！」

そして玲央奈は何事もなかったかのように、会社を目指して駆けていった。

――玲央奈があやかしに狙われるようになったのは、忌《い》まわしい十年前の肝試しの日からだ。

黒い塊に襲われている子供を庇《かば》い、気絶したあと、目を覚ませば玲央奈は自室のベッドの上にいた。山の中で倒れているところを、クラスメイトが見つけて家まで運んでくれたらしい。

自分の身に起きたはずのことなのに、そのときの記憶はだいぶ曖昧だった。

庇った子供の姿もろくに覚えていないが、見たこともないくらい綺麗な赤い瞳を持っていた気はする。だが、赤い瞳の子供などそこら辺にホイホイいるはずがなく、むしろそんな子は本当にいたのかさえ疑うほどだ。

だから玲央奈は最初、あの一連の出来事はすべて『夢』であったのだと脳内処理をした。

ただの夢。あるいは暗闇で見た幻覚。

こっそり肝試しになんて行ったことを、母親の玲香《れいか》にしこたま怒られて、この話は終わりになるはずだった。

しかし無情にも……それらが夢でも幻覚でもないことは、すぐにわかった。

玲央奈の首の後ろには、まるで痣《あざ》のように【呪】という青い文字が刻まれていたのだ。

そしてこの日を境に彼女は、それまではぼんやりとしか認識できなかったあやかしの存在が、明確に見えるようになった。それだけならまだしも、ソイツ等は玲央奈の命を喰らおうとしてくる。

恐ろしさに震える娘を、玲香はぎゅっと抱きしめた。

「私の可愛い玲央奈……あなたはあやかしに『呪い』を掛けられてしまったの。あの人に聞いたことがあるわ、強力なあやかしは人間を呪うことがあるって。この呪いが悪いあやかしばかりを引き寄せる。奴等にはあなたが『おいしそう』に見えてしまうのよ。だけど心配しないで。あなたのことは、お母さんが必ず守るから」

そう語った母の揺るがない意志を宿す眼差しを、玲央奈は一生忘れないだろう。

そして玲香は、赤い巾着袋のお守りを玲央奈に渡し、これを肌身離さず持つように言った。

「このお守りにはね、悪いあやかしを退ける効果があるの。元はあの人が私にくれたものだけど、玲央奈に譲るわ。大切にするのよ」

『あの人』というのは、玲央奈の父親のことだ。

父は玲央奈が生まれる前、玲香の腹にいる頃に交通事故で亡くなったという。玲香はひとりでも玲央奈を生み、女手ひとつで育て上げた。そのため当たり前だが、玲央奈には父との思い出などは一欠片もない。

だが玲香以上に、なぜか父はやたらとあやかしに造詣《ぞうけい》が深いことだけは、玲香を通して玲央奈もよくよく知っていた。

玲香に尋ねたことはなかったけど、玲香以上に特別な力でもあったのかもしれない。

「約束して。お守りは絶対に離さないって」

うん、と頷き、玲央奈は約束通り常にお守りを持ち歩いた。

そのおかげでしばらくは、あやかしたちは玲央奈に近付きもしなかったのだが……夫の元へ行くように、玲香が心疾患《しんしっかん》で四年前に他界してから、お守りの効果は徐々に薄れ始めた。元の持ち主である玲香がいなくなったことが原因だろう。

今やお守りを持っていても、緑の球体のようなあやかしに絡まれることは、玲央奈にとっては日常茶飯事である。

自然と鍛えられ、あのくらいの弱いあやかしなら自力で退治できるようにもなったが、掛けられた呪いも変わらずそのままで、安寧《あんねい》とは程遠い。

それでも玲央奈は、持ち前の気丈さでどうにか己の平穏を維持していた。

「よかった、間に合った……」

会社に着いて自分のデスクに座り、玲央奈はようやく安堵の息をつけた。急いで来たためか、なんだかんだいつも通りの到着時間である。

明るい色のあふれる、開放的でおしゃれなオフィス。照明ひとつ取ってもデザインにこだわりが窺《うかが》える。

玲央奈の勤め先は、地元では一番大手の総合インテリアメーカーだ。玲香亡き後も奨学金をもらい勉学に励んだ玲央奈は、四年制大学を卒業後、ここに営業事務として採用された。

「ふう……よし」

ＰＣの電源を入れて、テキパキと業務に取り掛かる準備を始める。

なぜかこの建物内には、玲央奈を狙うあやかしは入って来ない。

会社のあるビルに近付くと、あやかしたちは怯えたように去っていくのだ。なにか奴等が怖がる理由がここにはあるらしい。なんにせよ、落ち着いて仕事ができるのはありがたかった。

とはいえ、いついかなるときも気は抜けないので、玲央奈の纏《まと》う空気は常に張りつめている。

顔も自然と無表情になり、職場での玲央奈は『仕事はできるけど近寄りがたい人物』といった立ち位置だ。

これは職場に限らず、玲央奈は呪いのせいで人との付き合いを制限せざるを得なかったため、友達も少なければ二十五にもなって恋愛経験はゼロ。

あやかしに襲われれば、友人と遊んでいる途中だろうと逃げなくてはいけなかったし、誘われて断り切れずに男性とふたりきりで出掛けたこともあるが、あやかしをバッグで殴ったつもりが、男性の顔にクリーンヒットさせていたこともあった。

振り返れば孤独を選ばざるを得ない、苦い経験ばかりだ。

『玲央奈はいいお相手はいないの？　せっかく美人なのにもったいないわ！』とは、

玲央奈をいつも心配してくれる従姉妹の言葉だったか。

(こっちは毎日あやかしとの戦いで、生き残るだけで精一杯だし。恋とか結婚とか二の次なのよね)

そんな熟練の兵士のようなことを考えていたら、不意に同僚の女性社員たちの黄色い声が耳に入る。

「天野《あまの》主任、今日もカッコいい……！　朝から目の保養」

「本当に素敵よね。ルックスよし、頭よし、性格もよし。あれでまだ独身とか信じられない！」

「彼女もいないって本当かしら?」

「マジみたいよ。同じ職場で働けて超ラッキーよね」

「ああもう、主任と結婚したい」

彼女たちの熱烈な視線の先には、長い足を組んで椅子に腰かけ、書類に目を通す美丈夫《びじょうふ》がひとり。

天野清彦《きよひこ》。二十九歳という若さで営業部の主任に就く、玲央奈の上司だ。

百八十六センチある長身に、バランスの取れた体躯《たいく》。青みがかった光沢のある黒髪。切れ長の瞳が怜悧《れいり》な印象を与える顔は、恐ろしいほど整っており、その完璧な造形はいっそ浮世離れしている。

仕事でも彼は隙がなく、激務だろうと迅速に終わらせて必ず定時に帰るため、ついた呼び名は『定時の鬼』。

それだけ容姿にも能力にも優れているなら、高慢《こうまん》にもなりそうなものだが、人当たりがよく人望も厚いというのだからできすぎである。女性人気はもちろんのこと、男性からも信頼や尊敬を集めていた。

しかしながら、白状すると……玲央奈は天野が苦手だった。

どうにも彼のすべてが胡散《うさん》臭くて仕方がない。

（……それなのに、よく目が合うのよね。ああ、ほらまた）

チラッと見ただけなのに、天野と視線がバッチリかち合ってしまう。玲央奈は反射的に顔を逸らした。

苦手意識を抱いていることもあって、天野との関わりは仕事上の必要最低限な範囲に留めているし、プライベートの付き合いなんて皆無なはずなのに、なんなのだろう、いったい。

女性陣はまだ天野にきゃーきゃーと騒いでいる。

はあ、とため息をついて、玲央奈は切り替えて仕事に集中することにした。

それから滞りもなく業務は進み、訪れた昼休憩の時間。

デスクで手作りの弁当を広げたところで、スマホに着信が入っていることに玲央奈は気付いた。昨晩かかってきたようだがスルーしていたらしい。

急ぎの用件だったら大変だと、玲央奈は廊下に出て、邪魔にならないよう隅っこで発信ボタンを押したのだが……。

「──はあ!?　今週末にお見合いしろ!?」

すぐに電話は繋がったものの、予想もしていなかった用件に大声を出してしまい、慌てて口を閉じる。

だが動揺は収まらず、玲央奈は小声でまくし立てた。

「今週末って明後日じゃない！　お見合いってどういうこと？　私がするの？　相手は誰なわけ!?」

『落ち着いてよ、玲央奈。お見合いといっても、ちょっと玲央奈に紹介したい人がいるだけだから。ね？』

そう宥《なだ》めてくる通話の相手は、伊藤莉子《いとうりこ》。彼女は玲央奈の三つ上の従姉妹だ。

年の離れた板前の旦那と日本料理屋を経営していて、性格は世話焼きかつおっとり屋さんのマイペース。

玲央奈とは姉妹のように育った気の置けない間柄で、人間関係が希薄な玲央奈にとって、唯一心を許せる存在と言える。莉子も莉子で、玲香が亡くなってからは特に玲央奈を気にかけており、ときに世話焼き行為が行き過ぎることもあるくらいだ。

今回は確実に、行き過ぎている案件だろう。

『うちの料理屋に、二ヶ月前からちょこちょこ来てくれている常連さんでね。すっごくいい人で、気難しいうちの旦那も珍しく気に入っているの。結婚相手を探しているらしくて、玲央奈の話をしたらぜひ会ってみたいって』

「いやだから、なんで私の話をするの？　私、結婚したいなんて一言も言ってないよね？」

『だってこのままだと、玲央奈が心配なんだもの、私』

電話越しに、莉子の声が憂いを帯びる。

『中学の途中くらいから、玲央奈ったら急に人付き合いを避け出しちゃって。一匹狼みたいになったんだもの』

「一匹狼って……」

思春期をこじらせたみたいな言い方は止めてほしい。

莉子には玲央奈や玲香のような力はなく、あやかしについてはまったくの無知なので、呪いのことなんて明かせないが……。

玲央奈は片手でそっと、セミロングの髪に隠れた首裏に触れる。

十年前から変わらずそこにある、青い【呪】の文字。

普通の人には見えないソレは、玲央奈の人生を狂わせている元凶だ。

これがある限り、男性とろくに出掛けることすらできない。またあやかしの代わりにバッグで殴ってしまう。あのときは相手に謝り倒して事なきを得たが、玲央奈の突拍子もない行動は確実に引かれていた。

そんな玲央奈が誰かとお付き合い、ましてや結婚なんて夢のまた夢である。

『なにもその人と、絶対に結婚しろなんて言っているわけじゃないのよ？　ただ一度会ってお話するだけだから。それだけで終わってもいいの。私はね、玲央奈には常々、私以外にも誰か頼れる相手ができてほしいって願っていて……このお見合いがなにかのきっかけになればいいなって……』

「……もういいよ、わかったから」

襲ってくるあやかしにも、営業から投げられる無茶な業務依頼にも、一切怯まず迎え撃つ強気な玲央奈だが、莉子の頼みには昔から滅法弱かった。

玲央奈を想っての行動なことは重々承知なので、無下にできないのだ。

「本当に会うだけでいいのよね？　万が一に交際を申し込まれるようなことがあっても、私は百パーセント断るからね」

『うんうん。それで大丈夫よ。相手のプロフィールをまとめた資料や写真はいる？　必要なら今から用意するわ』

「別に……いらない」

どうせ一度きりしか会うつもりはないし、玲央奈はあえて相手を知ろうとは思えなかった。事前情報など知るだけ無駄だ。こっちはあくまでも乗り気ではないのだといい、ささやかな抵抗でもある。

そんな玲央奈の思惑に対し、莉子は『じゃあ、相手がどんな人かは当日のお楽しみね』とポジティブな解釈をして、お見合いの場所と日時を告げると、あっさり通話を終了させた。

スマホを耳から離し、玲央奈は痛むこめかみを押さえる。

「お見合いとか面倒しかないじゃない……ん？　えっ！」

ひとまず弁当を食べに戻ろうとしたところで、まさかの人物が視界に入る。

玲央奈の近くの壁に背を預け、缶コーヒーを片手に佇《たたず》んでいたのは天野だ。傍で見るとその造り物めいた美貌がよくわかり、完成された立ち姿も相まって、そのまま缶コーヒーのポスターにでも採用されそうである。

彼は玲央奈の様子を窺っていたようで、またバッチリ目が合った。

「なんだ、電話は終わったのか？」

「天野主任、いつからそこにいたんですか……？」

「ついさっきだな。静かに一息つけるとこを探していたら、珍しく表情豊かに話す君を見つけて少し気になった。そういう顔もできるんだな」

「はあ……」

表情云々は置いておくとして、莉子との会話は聞かれていたのだろうか。

別に聞かれても問題はないが、自分のお見合い情報なんて進んで上司に知られたくはないので、できればなにも聞いていてほしくない。

そんな玲央奈の心境を察してか、「ああ、安心しろ」と天野が付け加える。

「電話の内容なら、俺はなにも聞いていないぞ」

（あ、今のはウソだな）

玲央奈は直感でそう判断した。

これは聞いていたに違いない、絶対。

周囲の者は皆、天野のことを『裏表のない誠実な人柄』だと評するが、それは騙されていると玲央奈は思う。彼は息をするようにウソをつくし、きっともっとひねくれていて食えない男だ。

だって彼は、笑っていても目の奥の光が常に鋭い。

綺麗すぎる顔と同じで、言動も造り物めいているのだ、なんとなく。

だから玲央奈は、天野が苦手だった。

「それでは、私は失礼します」

ふたりきりなど気まずさしか生まれないので、玲央奈はそそくさと立ち去ろうとする。だが去り際に、天野は「そういえばな」と軽い口調で爆弾を落としてきた。

「今週末はとても天気がいいらしい。素敵なお見合いになるといいな」

「なっ……！」

バッと勢いよく振り向くが、天野は何食わぬ顔で缶コーヒーを啜《すす》っている。

（電話の内容、やっぱり聞いていたんじゃない……！）

なにか文句を言ってやりたくて、だけど言葉が出ずに口をもごつかせる玲央奈に対し、天野の端正な横顔は憎らしいほど涼しげだ。

まったく、この男のどこが『裏表のない誠実な人柄』だというのか。確実に意地が悪い。

玲央奈は苦し紛れに「天気がいいならなによりです！」と言い捨て、その場を急ぎ足で後にする。

やはり天野主任には、極力近付かない。

そう決意を新たにしたのだった。

……一方で。

遠退く玲央奈の後ろ姿を見送って、天野は薄い唇をゆるりと持ち上げる。その顔には意味ありげな笑みが浮かんでいた。

「本当に、素敵なお見合いになるといい」

彼はそう呟いて、残ったブラックのコーヒーを飲み干した。


「はあ……気分が重い」

自宅にて、玄関でパンプスを履きながら、玲央奈はどんよりした空気を全身で背負っていた。

本日は土曜。莉子に組まれたお見合いの日だ。

約束の時間は午後一時なので、まだ午前の今のうちに、滑り込みで予約した美容院へとこれから向かう。

わざわざ母の振り袖を引っ張り出してきて、着つけてもらう予定である。

はっきり言って気乗りしない。

「私が着飾っても意味ないし、もっと簡単な格好がよかったんだけど……」

莉子から『お着物で来てね』と語尾にハートマークつきで言われてしまい、口論の末に玲央奈が負けた結果がこれだ。

『玲央奈は和風美人だから、絶対に着物が似合うわ。それなのにあなた、せっかく着られる機会だった成人式もすっぽかしたでしょう？　どんな場面でも使える素敵なお着物も持っているんだから、こういうときこそ着なくちゃダメよ』

そう説得されてしまった。

そもそも玲央奈は、本人に自覚はあまりないが、莉子が褒めるように世間一般でいうところの『美人』に分類される。

小さな顔に、意思の強そうな大きな猫目。肌もキメ細やかだ。体型は細すぎるくらいだが、手足はスラッと伸びている。

これで雰囲気がもう少し和らいで、笑顔のひとつでも浮かべられたら、もっと異性にモテそうなものだが……。

あいにくと玲央奈は、理不尽な呪いを身に受けたその日から、なるべく誰も巻き込まないように孤独で生きる覚悟をしている。成人式をすっぽかしたのだってそれが理由だ。

(それにどうせ、行ったところで友達もいないし……)

玲央奈から距離を取ったとはいえ、仲がよかったのに卒業する頃には話もしなくなった子たちと、式で顔を合わせるのは辛い。

心を守るためにも、行かなくて正解だったのだ。

(他人との関わりは極力避けること。莉子姉には、どうしてもたまに甘えちゃうけど……それ以上は望んじゃダメ)

何度も自分に言い聞かせてきたことを、また繰り返す。

これから向かうお見合いだって、相手には悪いが、顔を合わせたらさっさと切り上げるつもりである。

「よし、行こう」

うだうだしていても仕方ないと、着物セットを一式入れた、大きめのトートバッグの中身を確かめる。

「うん……入れ忘れはなし、お守りも持ったわね」

お守りは玲央奈の生命線だ。一歩外に出れば、いつどんなあやかしが襲ってくるかわからない。

なお、この家の中は〝基本的には〟安全だ。

住宅街の外れに建つ小さな一軒家は、以前までは玲香とふたりで、現在は玲央奈がひとりで住んでいる。ここには玲香の気配がまだ微かでも残っているためか、お守りの力がちょっとだけ回復するのだ。

おかげで家にあやかしの侵入を許したことはまだないが……やはりお守り自体がそろそろ限界なのか、ついこの間、アメーバ状のうねうねしたあやかしが、窓の隙間から入り込もうとしているのを撃退した。

ここ最近では、なぜかあやかしが忌避《きひ》していなくなる会社の方が、安全度が高くなりつつある。

どうにかしなければとは思うのだが、どうにもならないのが現状だった。

「今日も無事でいられますように。それじゃあ、行ってきます」

玲央奈が家を出ると、外は灰色の雲が立ち込め、ポツリポツリと雨が降っていた。

満開に咲き誇っていた街路樹の桜も、小雨とはいえこのまま降り続くようなら、もったいないが今日ですべて散ってしまうだろう。

「なにが『今週末はとても天気がいいらしい』、よ。悪天候じゃない」

またしてもウソをつかれたのか。もう天野主任の天気予報は信じない。

「あの人、私には本性がバレていそうだからって、あんな意地の悪い態度を取り出したのかしら……？」

独り言を雨音に溶かしながら、水色の傘をさしてアスファルトを踏む。

跳ねた水滴がロングスカートを濡らして、どうせ着替えるとはいえチョイスを失敗したかと、早々に後悔した。

早く美容院に着きたいと足取りを速める。行きつけのお店なので、道は間違えようがないはずなのだが……。

「……まだ着かないの、おかしくない？」

もうとっくに美容院の看板が見えてもいい頃なのに、一向に現れない。

そこでようやく玲央奈は違和感を抱いた。

昼間の住宅街、加えて週末だというのに人の気配がまったくない。物音ひとつ聞こえず、いまだ傘に当たっている雨の音さえ、知らぬ間に消えていた。

道の先は蜃気楼《しんきろう》のようにぼやけ、並ぶ家々がぐにゃりと歪んで見える。

スマホを開けば圏外。

これはマズイ。

「誘い込まれちゃった、かも」

手の平に嫌な汗がジワリと滲む。

そう多く遭遇する現象ではないが、力の強いあやかしは稀に『ここであって、ここではない場所』……有り体に言えば異空間を作り出し、そこに人間を誘い込むことがある。

一度入ってしまえば出るのは困難。ここはそのあやかしのテリトリー内だ。

「……お、落ち着いて。冷静になって。昔も一度だけあったじゃない」

小刻みに震えながらも、玲央奈は自身を叱咤《しった》する。

あれは玲香が亡くなって程なくした頃だったか。

買い物帰りにぼんやりと道を歩いていたら、気付けば今のような無音で無人の異空間にいた。あのときはお守りを握って、ひたすら玲香の名前を繰り返していたら、なんとか出られたはずだ。

「そうだ、お守り！　お守りを……！」

バッグの中を漁って、取り出したお守りを傘の柄と一緒に両手で握り込む。

正直、もうこのお守りでは、現状を打破できるほどの力がないことはわかっていたが、それでもこれしか手段がない。

こういったあやかしは狡猾《こうかつ》だ。最後まで本体は姿を現さず、玲央奈の精神が弱ったところで喰らいにくる。

だから意識を強く保たなくてはいけない。

……保たなくては、いけないのに。

(怖い、怖い、怖い)

油断すれば弱音が口から飛び出そうだ。

手から滑り落ちた傘が地面を叩く。それを拾おうとして力が抜け、そのまましゃがみ込んでしまった。

止まない雨粒が視界を滲ませる。つられて涙まで流さないように、玲央奈は唇をきゅっとキツク噛んだ。

――そのときだ。

「え……？」

カツンと、背後で靴音がした。

音のない空間で生まれた音。

おそるおそる後ろを向くと、切れ長の赤い瞳と視線がバッチリ合う。

（……赤？）

「天野……主任……？」

「こんなところでしゃがんでいたら危ないぞ、潮」

黒い傘を持って立っていたのは、まさかの苦手な上司さまだった。瞳が赤く見えたのは見間違いだったのか、普通に黒目を細めて、天野は「立てるか？」と手を差し出してくる。

玲央奈は体をよじって、咄嗟にその手を取った。

「あ、ありがとうございます……きゃっ！」

「おっと」

立ち眩《くら》みを起こしてフラつく玲央奈の体を、天野は軽々と支える。

鍛えられた胸元に頭を預ける形になり、玲央奈の頰は一気に熱を持った。男性への免疫が低い彼女には、このくらいの接触でも刺激が強い。

急いで離れて、動揺を悟られぬようにサッと自分の傘を拾う。

そもそもどうして、こんなところに天野がいるのか。

「その、天野主任はなんで……」

玲央奈は言いかけて途中で気付く。

いつの間にか周りの雨音が戻ってきているし、景色も歪んでいない。

（あやかしの作った空間から、抜け出せた……？）

助かった、ということだろうか。

「俺はこれから、些《いささ》か時間は早いが、大切な用事に向かうところでな。だが君を抱き止めたことで、ベストが少し濡れてしまった」

「あっ！」

勤務時よりもフォーマルに着こなした、グレーの質の良さそうなスリーピースのスーツは、確かに胸元の色が変わっていた。

これは絶対にお高い一着だ。

青ざめて謝罪しようとする玲央奈に、「冗談だ」と天野は苦笑する。

「このくらいならすぐ乾くが、君の方が頭から濡れているぞ。このままだと風邪を引く。早く着替えた方がいい。それに潮もこのあと用事があるんじゃないのか？」

（そ、そうだったわ！）

玲央奈はそこでやっと、自分はお見合いのために、美容院へ行く途中だったことを思い出した。

圏外から復活したスマホで時計を見れば、余裕を持って家を出たおかげで予約時間には間に合いそうだ。あの異空間にはだいぶ長い間いた気がしたが、それは感覚がおかしくなっていただけで、ほんの数分のことだったらしい。

それでもここで悠長に喋っている暇はない。

「す、すみません、主任。私は急ぐのでこれで……！」

「ああ、今度は気をつけてな」

いろいろと引っ掛かることはあれど、決められた時間に遅れるわけにはいかない。

相変わらず胡散臭い笑みを浮かべる天野を置いて、玲央奈は小走りで目的の場所へと向かった。

ずぶ濡れな玲央奈に、美容師さんは大袈裟に驚いていたが、すぐに着付けとヘアセットの準備に取り掛かってくれた。

深い紅を基調とした着物は、グラデーションがかかっていて、春らしく桜模様が入っている。帯は金糸で緻密に描かれた二羽の蝶が遊ぶ、見事な刺繍入り。着物との調和は抜群だ。結い上げた髪には着物と同じ桜を象ったの簪《かんざし》が挿され、動くとシャラリと飾りが揺れる。

大人の女性らしい気品の中に、華やかさも窺えるその姿は、玲央奈の魅力を存分に引き出していた。美容師さんが手放しで絶賛していたくらいだ。

「本当にお綺麗ですよ。お見合いに行かれるんでしたっけ？　相手の方も見惚《みと》れてしまいますね！」

「あ、ありがとうございます」

褒めちぎる美容師さんに送り出され、お見合い場所へはタクシーで向かう。

その頃には雨はすっかり止んでいて、重苦しい雲は取り払われ、太陽が燦々《さんさん》と顔を覗かせていた。

行く先のお見合い場所は、莉子と彼女の旦那が営む日本料理屋だ。

店の規模自体は小さいものの、見た目も趣向を凝らした旬のお料理に、行き届いたおもてなし。本格的な割烹《かっぽう》や料亭と比べて気軽に入りやすい雰囲気で、幅広い層から根強い人気を誇っている。

このところ行くのを遠慮していたが、お守りの効果がまだ強かった頃は、玲央奈も莉子に促されてたまに顔を出していた。慣れないホテルのラウンジなどよりは、知らぬ場所ではないしまだ気楽かもしれない。

今度こそトラブルもなく、無事に到着。

約束の時間の十五分前。上々である。

「玲央奈、来てくれたのね！　やっぱり私の見立て通り、着物姿がとっても素敵よ！　相手の方はだいぶ早く来て待っているの。ほら入って、入って」

「う、うん」

暖簾《のれん》をくぐれば、すぐに莉子が飛んできて出迎えてくれた。

お団子にまとめた栗色の髪に、浅葱色《あさぎいろ》の小紋を着た女将さんスタイル。丸みを帯びた柔らかな顔立ちには、満面の笑みが浮かんでいる。

久しぶりに会う玲央奈の従姉妹は、いつものほんわかオーラを今日はウキウキさせて、なにやらご機嫌な様子だった。

「なんか機嫌がいいね、莉子姉」

「ふふ、さっきまでね、相手の方とお話ししていたんだけど、やっぱりすごく素敵な人で！　玲央奈もきっとすぐに仲良くなれると思うわ」

電話でも話していた通り、莉子は随分と相手の男性を気に入っているらしい。「奥のお座敷にいるからついてきてちょうだい」と言われ、玲央奈は大人しく莉子の案内に従う。

暖色系の照明に照らされた店の中は、ほのかに木の香りがして、どこか懐かしい空気が漂っていた。他のお客は団体が一組だけ。通常は夜からの営業なので、昼は土日のみ予約制でやっているそうだ。

「こちらよ。あんまり畏《かしこ》まらなくていいからね」

「う、うん」

そうは言われても、カウンター席を通り過ぎてお座敷の障子戸の前に立てば、玲央奈とてさすがに緊張してきた。

莉子の態度がフラットなので忘れがちだが、今からするのは『お見合い』。はなから断るつもりとはいえ、相手はどんな人なんだろう。

「失礼いたします、玲央奈が到着しました」

一瞬だけ接客モードになった莉子が、厳かに障子戸を開ける。

お座敷は内庭の景色が望める作りになっていて、小さいながらも整えられた庭には桜の木が堂々と立っていた。

雨上がりの晴れた青空の下、散らずに残った花びらが雨粒を反射して輝いている。ハラリと落ちる桃色が美しい。

だが桜を愛でる余裕は、残念ながら玲央奈にはなかった。

「え……」

木目の座卓の前に、背筋を伸ばして凛と腰を落ち着ける男――本日二度目の天野の姿に、玲央奈は「な、ななななな」とあからさまに狼狽《ろうばい》する。

「やあ。先ほどぶりだな、潮」

「な、なんのドッキリですか？　天野主任がお見合い相手って……！」

「あら、ふたりはまさかお知り合い？」

きょとんとする莉子に、玲央奈がすかさず「会社の上司だよ！」と説明すれば、莉子はわざとなのか天然なのか、あくまでマイペースに「あらまあ、偶然ね」と両手を合わせて笑う。

玲央奈からすれば偶然で済ませないでほしかった。

「すみません、潮さんが混乱しているようなので、少しふたりきりで話をさせてもらえませんか」

「そうね、『あとはお若いふたりだけで』というやつね。一度は言ってみたかった台詞なの！」

天野がいかにも人の良さそうな表情（玲央奈からすればやはり胡散臭い）で申し出れば、なぜかテンションを上げる莉子。

年齢で言えば天野の方が莉子より上だし、ツッコミどころしかないのだが、玲央奈にはそれを指摘する余裕はない。

「じゃあね、玲央奈。お食事は遅めにお出しするから、まずは気兼ねなくゆっくり天野さんと話してね。ふたりのためのスペシャルな料理も用意しているのよ」

「スペシャルな料理っ？　いいよ、そこまでしなくても！」

「旦那も張り切っているから大丈夫よ。言ったでしょう？　天野さんのことはね、旦那もお気に入りなの」

莉子の旦那こと、この料理屋の板前・伊藤千吉《せんきち》は、莉子とは年の離れた夫婦で四十歳。昔気質のストイックな料理人で、玲央奈は莉子つながりで可愛がってもらっているが、彼は基本的に人見知りだ。

気難しい千吉さんにどうやって取り入ったんだと、莉子が去った後で、玲央奈は天野をじとりと睨む。

「莉子姉まで騙して、なにをたくらんでいるんですか」

「たくらむとはご挨拶だな。さっきだって、俺があやかしから君を助けたのに」

「あやかしって……！」

ハッと、玲央奈は息を呑んだ。

天野の瞳が赤く光り、燐火《りんか》のように妖しく揺らめいていたのだ。

瞬きの合間に戻ったが、玲央奈が道端で見た瞳の変化は見間違えなどではなかったらしい。

「主任は何者なんですか……？」

「まずは座るといい。順を追って話をしよう」

仕方なく、着物をさばいて座布団の上に座る。

こうして机を挟んでだがしっかり相対すれば、天野の容姿の良さは後光さえ差して見えるほどだ。

警戒心をむき出しにする玲央奈に、天野は紫紺《しこん》のネクタイを直しながら「君は『半妖』というものは知っているか？」と問いかけた。

「はんよう……？」

玲央奈は記憶を辿《たど》る。昔、玲香がその単語を口にしていた気がするのだ。だが、なにぶん呪いを受ける前のことなので、あやかし関連への興味が薄く、ぼんやりとしか覚えていない。

答えあぐねる玲央奈に、天野は訥々《とつとつ》と説明する。

「簡単に言えば、あやかしの血が混ざった人間のことだ。主に先祖返りで子供の頃に発現して、一見すると普通の人間だが、なにかしらのあやかしの力を持っている。力の特性や強さは個々によって違うが、希少な存在であることは確かだな」

「……天野主任が、その半妖だって言いたいんですか」

「そうだ」

あっさりと、天野は肯定した。

「あやかしの分類は大きく分けて二種類。『種族名のあるもの』と『種族名のないもの』に区別される。種族名というのは、有名どころだと『河童《かっぱ》』や『妖狐《ようこ》』、『天狗《てんぐ》』

などだな。種族名のある方が理性的で、人間にもまだ友好的なものが多い。まあ、一概に安全なものばかりとも言えないが。半妖に混ざっている血の元は、大半が種族名のあるあやかしだ」

分類についても、聞き覚えはあったがふんわりとした認識だった。

数日前、玲央奈を早朝から襲った緑の球体のあやかしは、おそらく種族名がない。道端で異空間に閉じ込めてきたあやかしは、姿を見ていないので未知数だが。

また種族名のあるあやかしは『名持ち』、種族名のないあやかしは総称して『名無し』とも呼ばれるらしい。

ということは……。

「半妖の天野主任にも、種族名があるんですよね？　なんの種族なんですか？」

「気になるか？」

ニヤリと口角を上げる表情が、天野は嫌味なほど様になっている。

玲央奈はまだ、半妖云々の話を完全に受け入れたわけではないが、彼にあやかしの血が混ざっているという点は納得できた。

本性を全開にした天野が纏う雰囲気は、どこか危うげで人よりあやかしに近い。

「君には教えておくか。俺は『のっぺらぼう』の半妖だ」

「……いや、ウソですよね。なんとなくわかりますよ」

「バレたか。本当は『一反木綿《いったんもめん》』だ。知っているか？　白い布切れみたいなあやかしの」

「知っていますけど、それもウソですね」

「やはり潮に俺のウソは通じないな。正解は『天邪鬼《あまのじゃく》』の半妖だ。人の心を探るのに長けた、ひねくれ者の鬼」

そのままじゃん、と玲央奈は思った。

あやかしの血というのは、半妖の者の性格にまで影響するのか。玲央奈をからかって楽しそうにしているところなんか、まさに天邪鬼だ。

「俺の天邪鬼としての力なんて地味なものでな。人間の胸の内がぼんやり読める程度だ」

「その力を上手く利用して、みんなを騙くらかしているんですね」

「人聞きが悪いな。悪用はしていないつもりだぞ？　常時読めるわけではなく、読むには妖力を使わないといけないしな。それに相性の問題で、君みたいにどうあがいてもまったく読めない相手もいる」

探るような目を天野から向けられ、玲央奈は強気に睨み返す。胸の内なんて一生、天野に晒すつもりはない。

「鬼の半妖は普通の人間より、身体能力が高いという特性もある。あやかしの力は

『妖力』というのだが、特に俺は半妖の中でも妖力が強い方だ。あとはそうだな、俺は妖力を使うときは目が赤くなる。他にも特性や、力を使いすぎると厄介な弊害もあるが……詳しいことは追々、俺と夫婦になる君にはわかることだろう」

（ちょっと待って、いまサラリと聞き捨てならないことを言わなかった？）

玲央奈の顔に特大の疑問符が浮かぶ。

対照的に、天野は優雅に座卓の上で両手を組んだ。

「さて、半妖について知ってもらったところで――本題に入ろうか、潮」

会社で名を呼ばれたときのように、玲央奈の背がピンと張る。

「俺が結婚相手を探しているというのは、ウソでもなんでもなく真実だ。正確には、〝偽装夫婦〟になるためのパートナーを探している」

「形だけの相手ってことですか……？」

「ああ。俺の育ての親に当たる人が、『老い先短い婆に、早く結婚相手を見せなさい』とうるさくてな」

『育ての親』という言い回しは気になったが、玲央奈はそこには触れず「お年を召した方なんですね」とだけ返す。

天野にもいろいろ事情があるのだろう。

「今までは躱《かわ》してきたが、それこそ無理やりお見合いをさせられそうなんだ。面倒事は嫌いでな。だから偽りの結婚相手を見繕うことにした。だが、同じ半妖の女性を見つけるのも手間だし、かといってまったくあやかしについて無知な女性も困る。そこで君だ」

長い指先を突き付けられ、玲央奈の肩が小さく跳ねる。

そこでタイミングがいいのか悪いのか、障子戸の向こうから声がした。『あとはお若いふたりだけで』とかノリノリで言ったくせに、気になった莉子が早々に様子を見に来たらしい。

「どう？　お話は弾んでいる？」

「あー……えっと」

戸の隙間から顔を出し、好奇心丸出しの目を向ける莉子。返答に困る玲央奈に反し、天野はやわらかな笑みを作る。

「はい。潮さんは上司の目から見ても、思慮深く真面目に働いてくれている素晴らしい部下ですが、こうして向かい合って話してみると、女性としてもとてもも魅力的ですね。それに莉子さんの従姉妹なだけあって、やはりとてもお綺麗だ」

「天野さんたら！　お世辞が上手なんだから！」

「本音ですよ」

「やだわ、もう！」

いとも簡単にノックアウトされて、莉子はにこにこと浮かれた状態で再び引っ込んでいった。

玲央奈は天野の外面に「うわあ」と顔を歪める。

「なんだ、美人が台無しだぞ」

「余計なお世話です」

半妖やら天邪鬼の特性やらなど関係なく、やはり本能的に、玲央奈は天野が苦手なことに変わりなかった。話の流れから察するに、天野の偽りの結婚相手を玲央奈が演じろ……と言いたいのだろうが、断固拒否の姿勢である。

しかし、天野が「いいのか？」と先手を打ってきた。

「これは取引だ。君が俺のパートナーになってくれるなら、俺は君をあやかしから必ず守ると約束しよう。……困っているんだろう？　その『呪い』のせいで」

バッと、玲央奈は首裏を押さえた。天野はすべてを見透かすように、玲央奈をじっと見つめている。

「その呪いのことは、初めて君と会った瞬間に気付いた。それから少し君のことを調べさせてもらった。随分と苦労しているようだな」

「それは……っ！」

他者からそんなふうに指摘されると、強がりな玲央奈は反射的に「別に平気だ」と返しそうになる。

だが実際問題、なにも平気ではなかった。

お守りの効果は日に日に弱まっている。自衛の術もなく、あやかしにいつ喰われてもおかしくはないのだ。

強がっている場合ではないことくらい、玲央奈だって理解している。

「……本当に、私を守ってくれるんですか？」

「ああ、必ず」

即座に答えた天野の目は、存外真剣だった。奥底に眠る確固たる意思のようなものを玲央奈は感じる。

これはきっと、ウソじゃない。

「それに俺なら、君に呪いをかけたあやかしだって、片手間に見つけられるかもしれない。呪い自体を解ける可能性もあるぞ」

「呪いを……」

その提示された可能性は、玲央奈を動かす決定打だった。

呪いのない普通の生活は、彼女がずっと望んでいて、それでも諦め続けてここまで生きてきたのだ。

天野の瞳の中に映る玲央奈の表情には、すでに迷いはなかった。

「……わかりました。その申し出、お受けします」

「っ！　そうか！」

立ち上がらんばかりの勢いで、パッと顔を輝かせた天野に、玲央奈は意表を突かれる。素でめちゃくちゃ嬉しそうだったからだ。

（こんな子供みたいな顔をするなんて……よほど、相手探しに難航していたのかしら？）

まあ、莉子に接触して外堀まで埋めて、お見合いの場をわざわざ設けさせるくらいだ。体のいい相手をようやくゲットできて一安心、といったところだろう。

ふと、庭の方に玲央奈が視線を遣れば、ちょうど吹いたそよ風に、花びらが数枚さらわれていた。

空を舞う桜たちは、まるでふたりのこれからを祝っているようだ。

祝うようなことなどなにひとつ、玲央奈からすれば皆無だが。

「それじゃあ、建前は婚約関係ということで。契約成立だな。これからよろしく。愛しているよ、俺のお嫁さん」

「……ウソですね、旦那さま」

軽口には軽口で返す。

これからこの人に付き合うにはそのくらいのふてぶてしさが必要だと、玲央奈は覚悟を決めた。

この婚約に愛なんてない。

だってこれは、お互いの利益のためのウソの関係だもの。

二話　偽物の夫婦生活、始めました

玲央奈の勤め先は、朝からとある噂で持ち切りだった。

「ねえ、本当なの？　天野主任が婚約したって!?」

「稲荷《いなり》さんが言っていたのよ、間違いないわ」

「私も稲荷さんから聞いたの。同棲《どうせい》しているとか、すでにラブラブ夫婦状態だとか、あの主任がベタ惚れだとか……」

「アプローチしたのは主任からなんでしょう？　相手はどんな女なわけ？」

「私たちの天野主任が……超ショック！」

「私、主任のこと狙っていたのにー！」

殺気立つ女性社員たちに、玲央奈は無表情でコピー機を操作しながらも、内心は冷や冷やである。

天野と玲央奈が偽りの婚約関係になったのは、桜を背景にお見合いをした約二週間前のこと。その情報はお互い、会社で公になどしていなかったはずなのに、なぜか今日になって尾ひれがついて出回っている。

幸いにして、『相手の女性＝玲央奈』の素性は不明のようだが……。

（噂を広めたのは稲荷さん、よね？）

玲央奈はチラッと、主任用デスクの前で、書類を手に語らうふたりの美丈夫を視界に入れる。

片方は噂の当事者である天野。

そしてもう片方の男性は、営業部所属で主任補佐の稲荷游《ゆう》だ。

適度に遊ばせたライトブラウンの髪。天野に負けず劣らずの長身だが、彼より細いひょろりとした体格。糸目が特徴的な、輪郭の尖った狐顔のイケメンで、気軽に話しかけやすい愛嬌がある。

実際に稲荷は、ノリのいい言動で交友関係がとても広い。そのコミュニケーション力を仕事でも活かしており、営業成績は極めて優秀だ。

……またこれは、社員なら誰でも知っていることだが、稲荷は天野と同期の幼馴染でもある。小、中、高、大学も同じ。

ふたりはタイプが違うものの、仕事上では信頼のおける相棒、プライベートでは無二の親友同士らしく、その仲の良さは周知の事実。

此度の噂が生まれたきっかけは、玲央奈の知らぬところで、天野が稲荷に婚約のことを打ち明けたからなのか。

（そもそも稲荷さんは、どこまで把握しているのかしら……？　天野主任の婚約者が私で、それが偽装だってことも把握済み？　その前に、まず半妖のことを知っているかどうかよね。天野主任の幼馴染だっていうなら、そのくらい知っていてもおかしくはないけど……）

悶々《もんもん》としつつもコピーを取り終えたので、玲央奈は紙束を抱えてエレベーターに乗る。


ひとりでちょっと脳内整理をしたかったのに、上の階のボタンを押したところで、
まさかの天野が遅れて乗ってきた。

「……天野主任も、上の階に用事ですか？」

「ふたりきりのときは、下の名前で『清彦さん』、もしくは『旦那さま』と呼ぶように言ったはずだが？」

「ここは会社です」

「だがふたりきりだ」

ああ言えばこう言う。

エレベーターが閉まってふたりだけになった空間で、玲央奈は悪態をかみ殺す。ここは玲央奈が折れて、「清彦さんも上の階に用事ですか？」と言い直した。

「いいや、特に用事はないが君を追ってきた。俺とユウが話しているところを、物言いたげに見ていただろう？」

『ユウ』とは稲荷のことだ。ちなみに稲荷は、天野のことを『キヨ』と呼ぶ。

天野は目敏《めざと》く、玲央奈の視線に気付いていたらしい。

「私が言いたかったのは……噂のことです。『みんなの天野主任が婚約した』って、

女性社員全員が大騒ぎですよ」

「ああ。あれはユウに君のことを伝えたら、いい考えがあると提案されてな。俺に婚約者ができたことだけでも広めれば、ちょうどいい女除けになるんじゃないか、と。ユウが任せろと言うから好きにさせた」

「それ、稲荷さんは面白がって広めただけじゃ……」

「それもあるだろうな。だがユウは俺の事情も全部わかっているから、君の情報はちゃんと伏せている。害はないだろうから安心していい」

やはり稲荷は、諸々すべて把握済みだったようだ。それなら……と、玲央奈は確認も兼ねて尋ねる。

「稲荷さんはあやかしのことや、清彦さんが半妖なことも知っているんですね」

「知っているもなにも、ユウも……」

天野はそこで言葉を切り、なにやら思案気におとがいに手を添えた。「ユウの話ばかりしていてはつまらないな」などと呟いている。

そして彼は身を屈めて、玲央奈の耳元にその端正な顔を近付けた。

細く艶のある毛先が、ふわりと頬を掠める。

天野から香る、ほのかに甘さを孕んだ落ち着いた匂いに、玲央奈は内心で叫びだしそうになった。

だが狼狽《うろた》えたら負けな気がして、玲央奈はどうにか無表情を保つ。

構わず天野は耳元で囁いてくる。

「俺たちは噂によると、すでに『ラブラブ夫婦』なようだからな。それらしい会話をしようか。今夜も用事があるから、俺の帰りは遅くなる。気にせず先に寝ていろ。帰ったらまたこっそり、君の可愛い寝顔を拝ませてもらうよ、俺のお嫁さん」

「ウソですね、旦那さま。私は寝る前、寝室には忘れずに鍵をかけています」

「バレたか。警戒心が強くてなによりだよ」

チンッと、エレベーターが音を立てて到着し、ドアが開く頃には、天野はとっくに顔を離していた。「仕事も無理なく頑張れよ、潮一」と上司の顔で一言添えて、あっさりエレベーターから降りていく。

「ああ、もう！」

残された玲央奈は、書類を抱える手に力を込めて、小声で今度こそ悪態をついたのだった。

『ラブラブ夫婦』やら『天野が相手の女性にベタ惚れ』やらは、とんだウソっぱちもいいところだが、誇張された噂には真実も紛れている。

それは『同棲している』ということ。

現在、玲央奈が天野のマンションに厄介になる形で、ふたりは共同生活を送っていた。

「お邪魔します……」

同棲を始めて十六日目。

まだ「ただいま」と言うには抵抗がある。

玲央奈は退社後、慣れない道を歩いて、慣れないマンションの綺麗なエントランスを抜けて、慣れないカードキーでドアを開けて、これまた慣れないしゃれたリビングの、ふかふかのソファに崩れるように身を預けた。

そびえ立つ大きなタワーマンションの上層階。そこに、天野の住む部屋はあった。

ひとり暮らしには広すぎる2LDKで、フローリングの床はピカピカ。リビングにはシックな黒のソファの他に、ガラス天板のローテーブル、メタリック調のスタンドライト、巨大なテレビが置かれている。キッチンはアイランドキッチンで、ダイニングスペースには四人がけのテーブルと椅子が二脚。壁には貰い物であろう、文字盤が凝ったデザインの時計が掛かっている。

全体的にセンスはいいが余計な物がなく、生活感をあまり感じさせないモデルルームのような部屋だ。

玲央奈はソファに転がって天井を仰ぎながら、この部屋に来ることになった経緯を思い出す。

――同棲の話が出たのは、料理屋で契約が成立した直後。

『俺のうちに今すぐ越して来い』と天野に命じられ、玲央奈は最初、当たり前だが拒否をした。建前は婚約関係になったとはいえ、共に暮らすなんて無理だと。

しかしながら、天野がもっともな説得をしてきたのだ。

『君の家はじきに、君にとって安全な場所ではなくなる。そのうち寝ている間にあやかしに喰われるぞ。俺の家に来れば、大抵のあやかしは俺の気配に怯えて逃げる。一緒に暮らすことで、君に俺の気配が少しでも移れば、外でもあやかしたちを牽制《けんせい》することだってできるんだ。いいか？ 念を押すぞ。これは君のためだ』

……そんなふうに言われてしまえば、玲央奈が駄々をこねるわけにもいかなかった。

あれよあれよという間に、最低限の荷物をまとめて、玲央奈はこの家へと移り住むことになった。

ただもちろん、母との思い出が詰まった家はそのままにしてあるので、当分は空けることになりそうだが、たまに戻って掃除等はするつもりだ。そこに関しては天野もなにも言わなかった。

天野の言葉は正しく、玲央奈はここに住むようになってから、あれほど襲撃を仕掛けてきたあやかしたちと一度も遭遇していない。天野の存在はそれほどあやかしたちにとっては脅威らしい。

会社のビルにあやかしが入って来られない理由も、天野がいるからだと玲央奈はやっと理解した。

新しい生活に戸惑っていることさえ除けば、近年稀に見るくらい、今の玲央奈の周辺は平和である。

「先にお風呂を頂いて、夕飯でも作ろうかな」

今日は若干の残業を挟んだものの、真っ直ぐ帰ってきたので時間には余裕がある。

玲央奈は起き上がり、着替えを取りに与えられた寝室へと向かった。

天野の寝室の隣にあるその部屋は、もとは適当に物置にしていたらしいが、今はベッド、クローゼット、ミニテーブル、化粧台までそろっている。しかもどれも真新しい。

玲央奈が同棲を了承した途端、天野が妙に嬉々とした様子で『では手配を急がないとな』と電話をかけ始めたので、玲央奈は嫌な予感がしていたのだが……物置部屋のハウスクリーニングを依頼した上で、家具も玲央奈のために取りそろえたのだ、あの男は。

知ったとき、玲央奈は大いに焦り『そこまでしなくてけっこうです！』と吠えた。スペースさえもらえれば、寝床は実家から布団を運び込んで、その都度で必要な物は自分で用意するつもりだった。

だがそう伝えると、天野は不思議そうな顔で『家に招く側なのだから、俺が君の住みやすいように環境を整えるのは当然だろう？　資金は気にするな、金は貯まるばかりで使うあてがない』などとのたまわったのだ。

小市民として細々と生活してきた玲央奈はそのとき、「あらゆる意味で住む次元が違う」と悟ったのだった。

「うーん、なにを作ろうかしら……豆腐と合びき肉があったわね。それに、パックの小ネギもあるから……」

お風呂に入って部屋着に着替え、玲央奈はエプロンをつけて、キッチンで冷蔵庫を覗く。

今は冷蔵庫の中は豊富だが、それは前日に玲央奈がスーパーで買ってきたからで、初めてここに来たときはほぼ空っぽだった。

完璧超人と思われた天野の意外な弱点は、まさかの料理。他の家事は一通りこなせるのに、それだけは壊滅的なのだそうだ。そのため、いつも外食やコンビニ飯で済ませているという。

反して、玲央奈は料理好きだ。

料理はいい、最中は無心になれる。あやかしや呪いのことなど忘れて、ひたすら

『おいしいもの』を作ることに集中できる時間は、玲央奈にとっては癒しだった。

「うん、決めた。メインは豆腐ハンバーグにしましょう」

そうと決まれば、玉ねぎをみじん切りにするところから。

玲央奈は使われた痕跡の少ないキッチン台で、軽やかな音を立てて包丁を動かす。作るのは天野の分も合わせてふたり分。

玲央奈より早く定時退社したはずの天野は、会社のエレベーターでも言っていた通り、夜は用事があるとかで常に帰りが遅い。毎晩、日付が変わるギリギリになって帰宅してくる。その頃には玲央奈はもうベッドの中だ。

なんの用事か、などは聞いていない。

偽りの嫁にプライベートを話す必要もないだろうし、玲央奈は勝手に「他所に付き合っている本命の女性がいて、夜に会いに行っているのかも」などと薄っすら邪推《じゃすい》している。

あやかし関係の事情があって、玲央奈が結婚相手の役を担っているが、そうでなければあの会社でもモテまくりの天野だ。お相手の女性のひとりやふたり、いてもおかしくはないだろう。

ただ、彼の分の夕飯は必ず作る。作って、冷蔵庫にラップをかけて入れておく。

これは玲央奈が料理好きだと聞いた天野が、「ぜひに」と頼んできたことで、玲央奈も家賃代わりに行っている。

そうでなくとも……。

（あの『メモ』を見るのが、最近ちょっと楽しみなのよね）

切った玉ねぎ、豆腐、合びき肉、薄力粉を、塩コショウを振って捏《こ》ねて、肉タネをふたつに分けて楕円形に固めたところで、玲央奈の意識はふと、冷蔵庫に貼られたメモに向いた。

天野は玲央奈の料理をけっして残さない。きっちり平らげて、余裕のあるときは皿洗いまでしてくれている。

そしていつも、その感謝と感想を口頭では伝えず、わざわざメモに残すのだ。

初めは【夕食ありがとう】の一言だけ。それに【おいしかった】という一文が加わったのは、六日前。

そこから徐々に文量が増え、料理の感想まで書いてくれるようになった。

【豚肉の生姜焼き、旨かった】

【今日の味噌汁も濃さがちょうどいい】

【卵焼きに明太子とチーズは合うんだな、知らなかった】

【ここまでおいしいロールキャベツを食べたのは初めてだ。君はすごいな。また作ってほしい】

【仕事で疲れているところ、毎日凝った料理を感謝する。鍋の豚汁は二日分だったのか？　お代わりしてしまった、すまない。ひじきの混ぜご飯も味がしっかりついていてよかった。君の作るものはなんでも旨いな】

……これらがウソだったらさすがに凹むが、文面からは天野の素直な想いが伝わってくる。会社で顔を合わせるときは、そんな話題は一切出さないくせに。

そもそも天野と玲央奈は、この家で会う時間が極端に短い。

天野は「いったい何時間睡眠なんですか？」と心配になるくらい、帰宅が遅いわりに朝の目覚めは早く、玲央奈が起きる頃にはもう出勤準備を終えて玄関にいる。『定時の鬼』は『一番出勤の鬼』でもあった。誰もいない静かな職場でメールチェックなどをしたいらしい。

朝の会話なんて「おはよう、先に行っている」「あ、おはようございます」と挨拶できたら上々な方。

一緒に出社するわけにもいかないので、天野が家を出てからワンテンポ遅れて玲央奈も出るのが、決まったルーティンだ。

だから玲央奈は、天野の背中を見送った後に、冷蔵庫にマグネットで留められたメモをひとりで確認している。そしてそれらを手帳にこっそり仕舞っていた。

実はこれまでのメモは、ひとつ残らず取ってある。

嬉しかったから捨てられないのだ、単純に。

(お母さんが亡くなってから、私の料理を褒めてくれる人なんて莉子姉以外にいなかったし……。誰かに食べて喜んでもらえるのは、その、いいわよね、うん。それにしてもあの天邪鬼な人が、メモでは素直なんて変なの)

クスッと自然に笑いが漏れたところで、玲央奈は作業の手を止めていることに気付いた。

料理中に意識を別に奪われるなんて滅多にないのに。

「は、早く仕上げよう……!」

むず痒《がゆ》い気持ちを誤魔化すように、玲央奈は自身に発破をかけて、ハンバーグ作りを再開した。

ほどなくして、ダイニングテーブルには完成した品が並ぶ。

仕上げにポン酢と小ネギをかけた豆腐ハンバーグに、野菜たっぷりのコンソメスープ。副菜のジャガイモとコーンのハニーマスタード炒めは、明日の昼の弁当用にも取り分けてある。

玲央奈はエプロンを外して席に着いた。

いただきます、と手を合わせてまずはハンバーグを一口。

「うん、いい感じ」

ほろっと口の中で肉と豆腐が崩れて、柔らかくて食べやすい。味わいもあっさりとしていて、いくらでも箸が進む。

これならきっとまた、天野も満足してくれるだろう。

(でもできれば、一緒に食べてみたいかも、なんて)

天野は休日でも、朝から出掛けて夜中に帰宅していたので、玲央奈はまだ一度も彼と共に食卓を囲んだことがない。

メモを通して、というのも悪くはないけれど。あのひねくれた口から出る褒め言葉を、一度でいいから直接聞いてみたかった。そして自分の料理を、どんな顔をして食べているのか拝んでみたい。

そんなささやかな望みを抱きつつ、玲央奈は熱々のスープを啜るのだった。


翌日の晩。

時計の針は午後七時を指している。

今夜も定時退社にも関わらず、天野は『用事』で帰宅が遅いらしいので、玲央奈はマンションのキッチンでひとり、ぐつぐつとシチューを煮込んでいた。

(ちょっと量が多かったかしら……？　でも余ったら明日も食べられるし、一晩寝かせた方がおいしいわよね。案外、その前に食べ切っちゃうかもしれないけど。わりと

食いしん坊よね、あの人)

豚汁をお代わりしたときの謝罪メモを思い出し、玲央奈は気分よくお玉を動かす。

大きな鍋いっぱいのビーフシチューからは、食欲をそそる香りが絶えず放たれている。メインはこれで完成だ。副菜は悩んだが、余り物の野菜で簡単にサラダを作ることにした。

「ん？」

しかし、火を止めたところで、インターフォンに連絡が入った。

マンションのコンシェルジュからだ。

「はい……？」

『失礼致します。稲荷さまがいらっしゃっておりますが、どういたしますか？』

稲荷さん？と玲央奈は大きな猫目を瞬かせる。

機械越しにコンシェルジュの女性が告げた名は、玲央奈も知らぬ名ではなかった。

昼にも会社で彼の姿は見かけている。

『天野さまとお約束をしているとおっしゃっていますが……』

玲央奈はなにも聞いていない。

だが、稲荷と天野は自他共に認める親友同士だ。おそらく稲荷は何度もこの部屋に来ているのだろうし、天野が稲荷の訪問予定を、単に玲央奈に伝えそびれただけかもしれない。

「ええっと、いまは天野さん……じゃなくて、清彦さんは不在ですが、それでも大丈夫ですか？」

『確認を取ります。……問題ないとのことです。上がって頂きますか？』

「そ、そうですね。お願いします」

プツンッと通信が切れてから、玲央奈は慌てて身なりを整えた。

幸いにして今日はまだ入浴前。帰宅してすぐに料理を始めたので、エプロンの下はオフィススタイルのままだ。

今度は来客を報せるインターフォンが鳴り、早足で玄関に向かう。

「やあ、こんばんは」

ドアの向こうには、職場から直で来たのかスーツ姿の稲荷が立っていた。髪と同色の明るめのブラウンのスーツに、オレンジネクタイの組み合わせは、一見すると派手にも思えるが、彼は上手に着こなしている。

「玲央奈ちゃんだったよね？　会社ではたまにしか接触なかったし、ゆっくり話すのは初めてかな？　急に来てごめんね」

「いえ……天野主任と約束していたんですよね？」

「ああ、それウソ」

どういうことかと困惑する玲央奈に、稲荷は軽い調子で「キヨを驚かせたくてアイツにもアポなし訪問だよ！」と笑う。

「キヨのやつ、玲央奈ちゃんと一緒に住み始めてから、俺を家に入れてくれなくなってさ。嫁をひとり占めしたいのかもしれないけど、俺としては新婚さん宅にお邪魔したいのにツレなくて。キヨを真似てウソをついてみました」

「は、はあ……というかあの、私たちの事情は知っているんですよね？　新婚じゃありませんから」

「細かいことはいいから、いいから。玲央奈ちゃんが出てくれてよかったよ。キヨだったら追い返されていたかも！　それでキヨは不在って聞いたけど、買い物にでも出ているの？　今は依頼もセーブしているはずだし、夜は夫婦水入らずでまったりでしょ？」

「え？」

『依頼』とはなんのことか、とか。

だから夫婦じゃない、とか。

いろいろ気になる点はあれど、玲央奈は正直に、天野は同棲生活を始めてから一度もまともな時間に帰って来ず、夜は用事で家を空けていると説明した。字面だけで受けとると、玲央奈は夫に放っておかれている哀れな妻のようだ。

すると稲荷は細い目を限界まで見開き、「はあああ!?」とバカでかい声をあげた。

部屋の中なら防音もバッチリだが、ここは玄関。ご近所迷惑である。

「あの、稲荷さん、声が漏れるので……」

「なにそれどういうこと!? 用事ってまさか、俺に黙ってひとりで依頼受けているの!? しばらくセーブするって言ってたじゃん! 他の用事は考えられないし……ウソつきやがったな、あのウソつきめ!」

「えっと、用事って、女性のとこじゃないんですか……?」

「女性のとこ!? 待って、待って、待って」

取り乱す稲荷に、玲央奈はほとんど置いてけぼりだ。

そんな彼女の肩を、両手でガシッと稲荷は掴む。その顔はやたらと深刻そうだ。

「……もしかして玲央奈ちゃん、キヨが浮気しているとか思っている?」

「浮気もなにも……」

天野と玲央奈は偽りの結婚相手なのだから、浮気などという概念自体、はなから存在しないはずだ。天野がどこでどの女性と関係を持っていようと、玲央奈に口出す権利はない。

玲央奈がそう伝えると、稲荷は「マジか……あの不器用バカ……」と頭を痛そうに抱えた。

次いで唐突に、スーツのジャケットから彼はスマホを取り出す。

「玲央奈ちゃんに誤解されたままだと、さすがにキヨが不憫《ふびん》だし。まずなんの説明もしてないアイツが悪いんだけどね。俺に任せて、玲央奈ちゃん。君のウソつきな旦那、秒で呼び戻すから！」

玲央奈が止める間もなく、稲荷は電話をかけ始める。

スリーコールくらいで電話の相手——天野が出たようだ。

「おいキヨ、今お前どこにいる？　なにをしている？　……いや、ウソつくなって。知っているんだからな、依頼中だろう。ちなみに俺は今お前の家。玲央奈ちゃんといるから。……うるさっ！　なんでって、遊びに来たんだよ！　そうしたらお前いないし、玲央奈ちゃんはなんか勘違いしているし！　いいのかキヨ、お前は浮気を疑われているんだぞ？　う、わ、き！　……知るか、悪いのはキヨだからな！　とにかく今日はもう引き上げてさっさと帰ってこい！　玲央奈ちゃんと待っているからな！」

時折、天野の声で『なんでユウが俺の家で潮といるんだ⁉』『勘違いってなんの話だ⁉』『浮気……俺が？　ちょ、ちょっと待ってくれ！』なんて台詞が聞こえてきて、柄にもなく狼狽しているその様子に、玲央奈は珍しいと驚いた。

天野はまだごちゃごちゃ喚《わめ》いていたが、稲荷は強制的に通話を終了し、スマホを仕舞って無駄に爽やかな笑顔を浮かべる。

「そんなわけで玲央奈ちゃん、キヨが来るまでふたりで待機しようか。中に入ってもいいかな？」

「えっ！　あ、どうぞ」

促されるがまま玲央奈が体をずらせば、「お邪魔しまーす」と稲荷は遠慮なく玄関に上がる。本当に中に入れてしまってよかったのか、遅れて玲央奈は疑問を抱いたが、すでに後の祭りだ。

稲荷は勝手知ったる他人の家といった感じで、リビングのソファになんの迷いなく腰かける。

「あれ？　なんかいい匂いがするね」

「夕飯のビーフシチューを作っていて……よかったら食べていかれますか？」

「いいの？　ラッキー！」

作りすぎたシチューがあるのでちょうどよかった。

稲荷はにこにこと「キヨがベタ褒めする玲央奈ちゃんの料理、食べてみたかったんだ」などと話している。玲央奈はそんな情報は初耳である。

（あの人、稲荷さんにどんなふうに私のこと話しているの……）

それは聞いてみたいような、みたくないような内容だ。

これから天野も帰ってくるようだし、なんにせよ、今夜はやたらと賑やかな夜になりそうだった。

それから天野が帰ってきたのは、約四十分後。

稲荷と玲央奈はダイニングテーブルに適当に座り、他愛のない会話をしながら、ビーフシチューに舌鼓を打っていた。

主に稲荷がトークを広げ、玲央奈が相槌を返すくらいだったが、稲荷はさすが話上手だ。「これは天野と違った層にモテるだろうな」と思いつつ、玲央奈がジャガイモを口に運んだところで、勢いよくドアが開く。

「おっ、やっと来たか。まあまあ早かったな、キヨ」

「ユウ……これはどういうことか説明してもらおうか」

髪もスーツも乱した状態で、天野は怒り心頭だった。ここまで怒っている天野を、玲央奈は会社でも見たことがない。

彼は部下が大変なミスをしたときでも、怒るより諭すという感じで、今のように全身から殺気を放ってはいなかった。この状態の天野の前でミスをしたら、命の保証さえ危ぶまれそうだ。

しかし、親友の稲荷は動じることもなく、とろとろのお肉をゆっくり咀嚼《そしゃく》してから口を開く。

「『説明しろ』は、お前が向けられるべき台詞だろ。キヨが来てから説明した方がいいと思って、俺は玲央奈ちゃんにその辺のことは一切喋ってないからな。むしろ感謝しろよ！　俺がいなかったらお前、ずっと浮気者認定だったんだから！」

「ぐっ」

悔しそうに端整な顔を歪ませた天野は、一呼吸おいて「潮」と玲央奈を呼ぶ。玲央奈はスプーンをおいて天野に向き直った。

「……聞いてくれ。俺はけっして、他の女性の元に通っていたために、帰りが遅かったわけではないんだ。これはウソじゃない、頼むから信じてほしい」

これまた、こんなに必死な天野は珍しい……どころか、相当レアだ。正真正銘ウソではないのだろう。

でも、それなら……。

「なんで夜、出掛けていたんですか？」

「それは……」

「それはね、『守り火の会』の役割を遂行していたからなんだよ」

マイペースに食事を続けながら、稲荷が横から口を挟む。なにやら怪しげな名前の会に、玲央奈は「守り火？」と首を傾げた。

稲荷いわく――半妖は希少な存在といっても、各地に一定数はいて、普通の人間とは違う彼等を助けるための組織があるらしい。

それが、半妖たちによる半妖たちのための支援団体。通称『守り火の会』。

会の主な役割は、半妖たちが日常生活を問題なく送れるようにサポートしたり、トラブルがあったら解決する手助けをしたりなど。

また『半妖ネットワーク』という、妖力のある者にしか見えないネット掲示板で、全国の半妖たちのお悩み相談も受け付けているとか。その中から解決できそうなものを、各地にいる会のメンバーが順次、『依頼』として請け負うのだという。

「あ、稲荷さんが言っていた『依頼』ってこれのこと……！」

「そうそう。ほぼボランティアなわりに、依頼は多岐にわたってなかなか大変なんだよ」

玲央奈はようやく合点がいった。

だけどまさか、天野がそんな組織に所属していて、夜は半妖たちのために尽力していたなんて、玲央奈は思いもよらなかった。

（てっきり女性のとこだとばかり……）

そっと、立ったままの天野の顔を下から窺えば、彼は気まずそうに目を逸らす。

天邪鬼な彼のことだ。玲央奈に頑張っている姿を見られたくなくて、単に今まで黙っていたのかもしれない。

「おまけに付け加えると、キヨは会のナンバーツーでもあるから」

「ち、地位があるんですね。会社でも役職持ちなのに、すごい……」

「キヨは妖力が飛び抜けて強いし、半妖の能力とか関係なく本人にカリスマ性があるからね。あとは会の元締めが、キヨと俺の育ての親っていうのもあるかも」

「育ての親って、天野主任が結婚相手を探す原因になった……？　というか、『キヨと俺の』って、もしかして稲荷さんも……」

考え込み出す玲央奈に、察した天野が「言っていなかったか、ユウも半妖だぞ」とサラリと明かす。

「やっぱりそうなんですか⁉」

「うん、俺は『妖狐』の半妖。会にも入っていて、たまにキヨの手伝いとかしているんだ。キヨほど妖力は強くないけど、ちょっとした能力はあるから、玲央奈ちゃんには特別に今度見せてあげるよ」

妖狐ということは、狐のあやかしか。

目の前でむぎ茶を飲んでいるこの人も半妖なんて……と、本日何度目かの衝撃に、玲央奈はもうなにがきても驚かない気がした。

だって今この部屋の人口比、三分の二が半妖である。玲央奈自身も呪い持ちだし、普通の人間の常識などは捨て置いた方がよさそうだ。

しかもなにやら、彼らは同じ人物の元で育ったとか。

「会の元締めで、育ての親……俺らはオババさまって呼んでいるんだけど、オババさまはかなりの資産家で、一般の世界でも半妖の世界でも名のあるすごい人でさ。児童養護施設なんかも経営していて、その中に半妖の子供専門の施設もあるんだ。俺とキヨはそこの出身なんだよ」

「そう、だったんですか。知りませんでした」

「まったく……本当にキヨは、玲央奈ちゃんになんにも話していないんだな」

「うるさいぞ、ユウ。コンコン鳴くな」

「俺が妖狐の半妖でもコンコンは鳴かないし！　このウソつき天邪鬼！」

気安い掛け合いをする稲荷と天野は、親友というより兄弟のようだ。それも文字通り共に育ったというなら納得である。

むぎ茶を飲み干し、稲荷は「さてと」と立ち上がる。

「キヨへの誤解は解けたようだし、俺はそろそろお暇しようかな。ビーフシチュー、とってもおいしかったよ。ありがとうね、玲央奈ちゃん」

「は、はい。お粗末さまでした」

「それで、キヨ。お前は依頼を頑張るのもいいけど、ほどほどにしておけよ。いくら玲央奈ちゃんのためとはいえ……」

「それ以上は余計だ。さっさと帰れ、お喋り狐め」

天野は被せるように、稲荷の後に続く言葉をぶった切った。はいはいと、稲荷は肩を竦めて帰り支度を始める。

玲央奈の方は空になったビーフシチューの皿を片付けていて、自分の名前が出された箇所は聞き取れてはいなかった。

「それじゃあ、また会社でね。あとは夫婦だけでごゆるりとどうぞ」

そう言い残し、稲荷は『己の役目は終えた』と言わんばかりに速やかに撤退した。玄関扉の向こうに消えていくブラウンの頭を見送って、天野と玲央奈は再びリビングに戻る。

ふたりの間を流れる空気は、なんとも形容しがたいものだった。しばし静寂が場を支配して、

「あの……ひどい誤解をしていたようで、ごめんなさい。昼も会社で働いて、夜も半妖たちのために働いてって、主任が」

「清彦さん」

「……清彦さんが、働き詰めだったなんて考えもしなくて。その、体は大丈夫ですか？　睡眠時間の確保とか……」

「鬼の半妖は身体能力が高いと言っただろう？　それもあってか、俺は体力もあるし基本的に寝なくても平気なんだ。それに君が謝ることじゃない……こっちこそ、共に

暮らす相手になんの説明もせず、すまなかった」

お互いに頭を下げ合えば、ようやく場の空気が変わる。わだかまっていたものが春の雪解けのように跡形もなく溶けて、どこか穏やかで、それでいて少しむず痒いものになった。

天野は苦笑しながら、「なんだか腹が減ったな」とネクタイを片手でゆるめる。

「俺にもビーフシチューをもらえるか？」

「いいですけど、先にお風呂に入らなくていいんですか？　格好がだいぶ……」

いつもキッチリしている天野は、帰宅したときから髪もスーツも乱れたままだ。それはそれで、普段とのギャップで男の色気を醸し出しているが、食事をするなら身綺麗にした方がいいだろう。

だが天野はよほど腹が空いているのか、食事を優先すると断言。しかもジャケットを脱ぎながら「この有様はあれだ、途中で悪漢に絡まれてな」とかシレッとウソをつくので、玲央奈はすかさず「ウソですね、旦那さま」と返す。

「バレたか。……理由はもっと情けないもので、ユウから連絡を受けてだいぶ取り乱した。なりふり構わず急いで帰ってきたんだ。君にされているあらぬ誤解を、一刻も早く会って解きたくて」

「それって……」

「まあ、これもウソだが」

「ウソなんですか」

「……どうだかな」

キッチンに向かった天野の表情は窺えず、玲央奈はぎゅっとスカートの裾を握る。

今の『ウソ』は、玲央奈にも真偽がわからなかった。

ただ電話の向こうで、天野は玲央奈に誤解されていると聞いて確かに焦っていたし、真正面から『信じてほしい』と言った彼の瞳は真っ直ぐだった。

（私に、他の女性がいるって思われたくないって……それって、どう受け取ればいいのよ……）

だけど……。

天邪鬼な天野の心の内はやっぱりわからない。

「ん、おいしい。やっぱり君の料理は格別だな。ビーフシチューとはこんなにコクが出るものなのか。これをユウが俺より先に食べたという事実は許しがたいが……そのぶん、お代わりしてもいいか？」

「いっぱいあるのでお好きにどうぞ。……清彦さんって天邪鬼なくせに、あのメモといい、たまに変なとこで素直ですよね」

「なにか言ったか？」

「いえ、なにも」

初めて見る天野の家での食事風景は、無邪気に玲央奈の料理に感動していて、そこにウソ偽りはなかった。

今はそれがわかれば十分だと、玲央奈はこっそり思う。

「お代わりは大盛りにしておきましょうか」

「よろしく頼む」

ほら、こんなところばかり天野は素直だ。

食卓で向き合うふたりを見守るように、天井の照明が淡いオレンジの光を放っている。

止まることなく微かに鳴る食器の音は、やたらと玲央奈の耳には心地よく響いたのだった。

三話　迷子の化け猫探し

休日の土曜日。時刻は午後一時頃。

玲央奈は人で賑わう街中を、時折スマホで地図を確かめつつ、黒いプリーツスカートを翻して歩いていた。

前までは常にあやかしの襲撃に警戒していたが、今はあやかしの影が視界に過っても、奴等は遠巻きに玲央奈を見て悔しそうに唸《うな》るだけ。天野の気配を纏っているおかげで襲われず、自由に外を歩けるのはかなり楽だ。

足取り軽く進み、目的地の店に着く。入り口前では、清楚なお嬢様コーデの莉子が、玲央奈を見つけて手を振っていた。

「玲央奈！　こっち、こっち！」

「ごめん、莉子姉。待たせちゃった？」

「ううん、私が早く着いただけよ。それに今日は、私の買い物に付き合ってもらうんだから、玲央奈は重役出勤でも大丈夫なの」

なにそれと玲央奈は天然な莉子に呆れつつ、店に入る彼女の後を追う。

前日の夜に、莉子から『旦那の誕生日に贈る物を見たいから、明日の定休日、買い物に付き合ってほしい』と連絡が来て、特に用事もなかった玲央奈はそれに快く了承した。

ふたりが来ているのは、オープンしたばかりの雑貨店。

ピンクを基調としたファンシーな店内には、寡黙で渋い千吉に合う雑貨などありそうにはなかったが、莉子は「あれも可愛い」「これもほしい」「私の部屋に置きたいわ」と楽しそうに見て回っている。

千吉の誕生日プレゼントはどうしたのかとツッコミたかったが、玲央奈はそれにただただついて回った。

最終的に莉子が気に入った品を数点ほど購入して、お買い物自体は早々に終了。

誕生日プレゼントは別の日に別の店で見ることにしたらしい。

この雑貨店は二階にプチカフェスペースが設けられており、玲央奈たちはそこで軽くお茶をしていくことにした。

「タピオカミルクティー、おいしいわね。千吉さんは『チャラついたものは好かん』とか言って付き合ってくれないから、こうして飲めて嬉しいわ。そういう頑なとこも魅力なんだけど！」

「はいはい、わかったから。黒糖もけっこうおいしいよ」

丸テーブルの席に座り、ふたりでタピオカドリンクを啜る。

会話は当たり障りのない世間話と、旦那大好きな莉子の惚気《のろけ》が中心だ。

だが惚気の流れで突然、莉子が「それで、天野さんとは最近どうなの？」とブッ込んできたため、玲央奈は危うく喉にタピオカが詰まりかけた。

「ゴホッ、ど、どうって……」

「同棲まで始めたっていうのに、玲央奈ったらぜーんぜん、天野さんとの話をしてくれないんだもの。私ね、とっても驚いたのよ。あんなに『絶対断る！』って豪語していた玲央奈が、一足飛びに天野さんと婚約して、同棲まで始めるなんて！」

莉子には裏事情を伏せた上で、一応『仲人』ということもあり、表向きの現状だけは伝えてある。だが玲央奈はその性格上、天野との私生活を進んでベラベラ喋ったりはしない。

今日、莉子が玲央奈を買い物に誘ったのは、この話をさせる意図もあったのだろう。

「ねえねえ、どうなの？　なんだったら、今から天野さんを呼び出したりはできないの？」

「それは無理、かな」

天野はまた朝から出掛けている。だが前のように「用事だ」とだけで済まさず、きちんと「『守り火の会』の依頼を片付けてくる」と言って出て行った。

ついでに今日は夕方頃には帰宅するらしいので、ふたりそろって夕食を食べる約束もしている。

稲荷の訪問から一週間とちょっと。

天野も思うところはあったようで、ちょいちょい夜は早く帰ってくるようになった。

そういうときはふたりで食卓を囲んで、そうでないときはまた例のメモの書き置きは続いている。

なにかが大きく変わったわけではないが、ふたりの距離は多少縮まった、といったところだろうか。

（まあ、利害関係とはいえ一緒にいるんだから、歩み寄りは大事よね……。天野主任への苦手意識はすっかりなくなったし、むしろお夕飯をふたりで取るのはわりと好き、かも）

そんなふうにぼんやり考えていたら、「玲央奈？　聞いている？」と莉子の訝《いぶか》し気な声が耳を突いた。玲央奈はハッとして素直に謝る。

「ごめん、聞いていなかった」

「だからね、天野さんを呼び出せないなら、玲央奈から天野さんの話をいっぱい聞きたいなって。一緒に出掛けたりはした？　デートは？」

「え……してないけど。休日もそれぞれ予定あったし」

「なら、お家ではふたりでどんな過ごし方をしているの？」

「んー、そもそも家で時間があんまり被らないから。ご飯を一緒に食べるくらい？　それも朝食は主任、『朝は胃に入らない』って抜くし、早々に出社するし。夕食だけかな、ふたりで取るの」

「じゃ、じゃあ、その夕食のときはなんの話をしているのっ？」

「料理の感想を言ってくれる以外は無言だね。食事中はあんまり会話しない主義みたいで。私もそうだから、うん、無言」

「夕食の後とかは……」

「別々になにかしているよ。私は自分の寝室にこもって、好きな本を読んでいることが多いかも」

「共通の趣味とかは⁉」

「天野主任の趣味とか知らない」

ここらへんで、莉子は真ん丸な瞳をつり上げて、「あなたたちは本当に新婚夫婦なの⁉」とキレた。彼女の持つプラスチックカップがベコッと凹む。

そもそも新婚夫婦じゃないし！などという真っ当な反論は、今の莉子には通じないだろう。

普段がおっとりしている分、一度アクセルがかかると莉子は止まらない。

「ふたりには歩み寄りが足りないわ！」

「え……そう？　私的には、だいぶ歩み寄ったとこなんだけど」

タイムリーに『歩み寄りは大事』だと先ほど考え、今まさに実行中だと思っていた玲央奈は、少なからず『足りない』という莉子の指摘にショックを受けた。

まだまだ歩み寄りが足りないのだろうか、自分と天野は。

「人には人の、カップルにはカップルの、それぞれのペースがあることは否定しないわ。私も歳の差婚だし、夫婦の形だって千差万別だもの。でもね、玲央奈はこれまで人と一線を引いてきたでしょう？　そんなあなたがやっと、心を預けられる相手ができて……それが私の紹介した天野さんだと思うと……ふたりにダメになってほしくないのよ。私の勝手な気持ちだけど」

「莉子姉……」

莉子の純粋な気持ちに対し、本当は天野との関係がウソなことに、玲央奈の胸は罪悪感でズキズキ痛む。

お見合い話を持ちかけられたときも押し負けたように、玲央奈はとことん、莉子に弱い。

「その、歩み寄りってどうすればいいのかな……？」

「そうね、まずは相手のことをもっと知るべきね」

「相手を知る……」

「消極的じゃダメよ？　自分から！　知ろうとするの！」

指を突きつけられ、玲央奈は己を省みてみる。

天野の背景を知れたのは、稲荷という仲介者あってのことだし、玲央奈が自分から天野にアクションを起こしたわけではない。

『消極的』という言葉は言い得て妙だ。

「ちょ、ちょっと、頑張ってみようかな」

「そうよ。頑張れ、玲央奈！」

女子会特有の謎のテンションに後押しされ、玲央奈はすでに後に引けなくなってしまった。

(でも、相手を知るっていうのも……難しいな)

莉子とは雑貨屋を出た後、共に玲央奈が行きたかった本屋に行き、服屋にも寄ってそこで解散になった。

帰る頃には陽が傾きかけていて、玲央奈はマンションの部屋に着いて真っ先に、料理の下ごしらえを始めた。

今夜のメニューはタレにこだわった鶏ムネ肉の油淋鶏《ユーリンチー》、春雨サラダ、卵とほうれん草の中華スープだ。天野は好き嫌いがなくなんでも平らげてくれるので、料理する側も作り甲斐がある。

(それで、味は辛いのより甘めの方が好きなのよね。……食の好みなら、わりと把握してきているんだけどな)

逆に言えば、天野についてそれくらいしかまともに知らないのかもしれない。

油淋鶏をスクエア型の皿に盛り付けたところで、ガチャッと玄関から音がして、噂の天野が帰ってきた。玲央奈はエプロン姿のまま、パタパタとスリッパを鳴らしてお出迎えする。

「おかえりなさい、清彦さん」

ピタリと、一時停止する天野。玲央奈は「またか」と次の展開を予知して待機。

「すまない、もう一度言ってくれないか」

「『おかえりなさい、清彦さん』？」

「……ああ、ただいま」

なにやら満足気に口角を上げて、それからようやく天野は靴を脱ぐ。

この言い直しは定番で、天野が早く帰ってきたときは必ずといっていいほどやらされる。なので、玲央奈も慣れっこだ。

なんの意味があるのかはわからないが、家主の意向なので従うばかりである。

「今夜の献立はなんだ？」

「中華です。油淋鶏と……って、その手、どうされたんですか⁉」

本日の天野は、休日なのでスーツではなく私服の黒シャツ。そのシャツの袖が靴を脱いだ拍子に捲れて、彼の右手の甲が露になった。

そこにはザックリと、斜め線に傷が走っていたのだ。

「だいぶ深いですよ！　なんでなんの処置もしてないんですか!?」

傷は鋭い刃かなにかで抉《えぐ》られたように見える。血も滲んでいるし、痛くないはずがない。

それなのに天野は「ああ、これか」と、興味なさそうに自分の手を一瞥《いちべつ》する。

「依頼中にちょっとな。そう大した怪我でもない。鬼の半妖は、回復力も普通の人間より僅かばかりだが強いんだ。この程度ならすぐに治るし放っておいた。君が気にするほどのことでも……」

「放っておいた、じゃありません！」

玲央奈の鋭い一喝が、玄関にビリビリと響く。

「いくら回復力が強いからって、血が出ているんですよ!?　ちゃんと手当くらいしてください！」

「いや、だが……」

「言い訳は無用です！　あー、もう！　私が手当しますから、ちょっとこっちに来てください！」

玲央奈は天野の男らしい腕を取り、強引に傷口を洗面台で洗った。それからリビングのソファに座らせる。

救急箱を探すが、天野に「そんなものは置いていない」と言われ、悩んだ末にマンションのコンシェルジュに連絡。すると、ものの数分で部屋に届けてくれた。

「手、失礼しますよ」

玲央奈も天野の隣に腰かけて処置を施していく。傷口の出血は止まっていたので、軟膏《なんこう》を塗ることにした。

だがやたらと天野が、玲央奈の動きをジッとつぶさに目で追ってくるので、非常にやり辛い。

「……清彦さん、見すぎです」

「いや、物珍しくてな。君に手当をされるというのも、存外悪くない」

「なんですかそれ」

今更だが、触れる手と手、相手の呼吸さえわかりそうな近さに、玲央奈の心拍数が上がる。加えて注がれる熱視線だ。

少しでも気を散らしたくて、玲央奈は手当を続けながらもなにか話題を探した。

すると脳内にひょっこりと莉子が出てきて、『相手のことをもっと知るべき！』と騒ぎ立ててくる。

「……こんな傷を作ってくるなんて、いったいどんな依頼だったんですか？」

選んだのは、そんな問いかけ。

こんな問い、これまでの玲央奈だったらきっとしなかった。

天野の半妖関係の事情に口を出すのは、部外者の自分には過ぎたことかもと憚《はばか》られていたからだ。

(本当はずっと、一度聞いてみたかったんだけど……)

天野も、玲央奈の質問が意外だったようで、微かに切れ長の瞳を見開いている。

「驚いたな。特に隠すことでもないが、俺に興味のない君から聞いてくるとは思わなかった」

「別に……興味ない、なんてことは……」

玲央奈はもごもごと口ごもる。

今の玲央奈は相手を知ろうとして、自分自身でも確かに『知りたい』と思っているのだから、それはすなわち『興味』であろう。

「依頼の内容だったな？　地域の清掃活動だ。環境のために働いてきたんだよ。この傷は掃除の最中に切った」

「ウソですね、旦那さま。どんな掃除の仕方をしたらこんな傷ができるんですか」

「バレたか。……猫だよ」

「猫？」

玲央奈が思い浮かべたのは、小学生の頃に友達みんなで世話をしていた野良猫だ。

学校の校庭にたまに入り込んでいて、先生たちには黙って給食の残りなどを与えていた。だんだん懐いてくれるのが可愛かった気がする。

猫って、あの猫だろうか。

「今回の『半妖ネットワーク』経由の依頼人は、『猫又《ねこまた》』の半妖でな。本人も無類の猫好きで大量の猫を飼っている。しかも普通の猫だけじゃない、あやかしである化け猫の面倒も見ている奇特な人物だ」

「い、家がすごいことになっていそうですね」

「まさに猫屋敷だぞ。だが依頼人がギックリ腰で動けない間に、保護していた手負いの化け猫が一匹、勝手に逃げたらしくてな。普通の猫なら他にも捜索依頼を出せるが、化け猫はそうもいかない。俺はその猫を捕まえるために、朝からいろんな場所を駆けずり回っていたんだ」

「清彦さんが……猫探し……」

正確には『化け猫探し』だが、玲央奈は想像したらじわじわと笑いが込み上げてきた。

神さまが丹精込めて作ったような麗しの美貌を持ち、佇まいもスマートで隙のない天野が、必死になって猫を追いかけているのだ。そのミスマッチさがおかしくてたまらない。

玲央奈は軟膏を塗る手を止め、ついに噴き出してしまった。

「……急になにを笑っているんだ」

「ふっ、ふふっ……ご、ごめんなさい。だって、清彦さんが猫に振り回されているなんて……ふふっ」

「こっちは大変だったんだぞ」

天野が笑われて心なしか不貞腐れているところも、玲央奈の笑いに拍車をかける。

しばらくツボに入って腹が痛かったが、やっと収まったところで、天野はボソッと「君がこんなふうに笑う姿は初めて見た」と呟いた。

「そうですか？」

「ああ。いつも気を張った顔をしていたからな」

天野が傷のない方の手で、玲央奈の頬をそっと撫でる。

「俺のお嫁さんは、笑った方がいい」

「っ！」

甘さを含んだ低い声。

ハチミツのようにとろけた瞳。

それらを至近距離で向けられた玲央奈は、数秒ほど呆けた後、ソファの上で真っ赤になって固まった。

あわあわと動転する玲央奈に、天野はフッと口角を上げる。

「な、ななな……」

そして宵闇のような青混じりの黒髪を揺らし、「仕返しだ」などと囁いた。

したり顔はイタズラが成功した子供のようだ。いや、実際に玲央奈に爆笑された仕返しをしてきたのだから、行動はまさしく子供である。

「た、質が悪いです！」

「ははっ」

軽やかに笑った天野の顔は、会社で見る完璧な笑顔とは違う。玲央奈の料理に感動しているときと同じ、紛れもない素であった。

……こんな顔を見せてくれるのなら。

（もっと、この人のことが知りたいな）

玲央奈の胸奥に、そんなほのかな欲求が生まれる。

途中だった手当を再開しながら、玲央奈は欲求に逆らわず、天野の依頼について踏み込んでみる。

「それで、化け猫は無事に捕まえられたんですか？」

「いいや、失敗だ。やっと見つけて捕獲しようとしたところで、激しく暴れられてな。俺は動物には嫌われやすい質なせいか、そのとき盛大に引っ掻かれた。天邪鬼と動物は相性がよくないらしい」

「動物は本能的に、清彦さんがウソつきだってわかるからですよ。それでこの傷ですか」

「今回はさすがに参ったな。依頼主には、今日はもう切り上げて明日また頼むと言われた。だから明日も朝から化け猫探しに行ってくる」

ふう、とため息をつく天野には、薄っすら疲労が滲んでいた。

いくら鬼の半妖の頑強な体を持っているとはいえ、天野のスケジュールはとてつもなくハードだ。疲労が出るのは当たり前である。

だから玲央奈は思い切って申し出た。

「あの……それって、私も手伝えませんか？」

「君が？」

案の定、天野は眉を寄せる。

しかし、口にしてしまったからには玲央奈も引き下がれない。

「小学生の頃に猫の世話をしていたこともあって、だいたい扱いはわかりますし。人手があった方が早く済みそうじゃないですか？」

「それもそうだが……」

「……やっぱり呪い持ちの私だと、その化け猫にも襲われる可能性があって危ないんでしょうか」

「いや……化け猫たちは人を襲わないように、猫又の半妖である依頼人が、その能力も使ってちゃんと躾《しつ》けている。それに化け猫はもとより名持ちのあやかしだ。理性的で人間にも害を及ぼすタイプではない……俺は引っ掻かれたがな」

「見た目も普通の猫なんですか？」

「ああ、限られた人間にしか見えないという点以外、普通の猫と同じだ。だから、まあ、依頼自体は危険でもなんでもないが……」

危険はないと言いながらも、天野は玲央奈を手伝わせることにやはり抵抗があるようだ。とても渋い顔をしている。

玲央奈は「ダメですか……？」と窺うように首を傾げた。座っていても自然と生まれる身長差で、上目遣いになった瞳は不安で揺れている。

天野は「ぐっ」と喉を鳴らした。

「清彦さん？」

「君は……下手なあやかしより恐ろしいな」

「唐突になんですか。貶《けな》していますす？」

ムッとする玲央奈をよそに、天野は手当の終わった右手で前髪をぐしゃりと掻き上げる。

テープで固定した白いガーゼに、黒い髪がサラリとかかった。

「……わかった、明日は君も連れていこう」

「いいんですか!? ウソじゃありませんよね？」

「ウソだと言ったら？」

「意地でもついていきます」

玲央奈は本気だ。

ただついていくからには、足を引っ張らないようにしなくてはいけない。

「お役に立てるように頑張りますから」

「そう気負わなくていい。危ないことは一切させないし、本当に少し協力してもらうだけだ。会社の仕事でも、君は責任感が強すぎるところがあるから、無理せずほどほどにな」

急に上司らしいコメントをして、天野はゆったり立ち上がる。彼は手当の礼を述べ、キッチンの方に向かった。

「さて、明日に備えて腹ごしらえでもしよう。中華だったか？ まだ料理の最中なら手伝うが」

「もう全部終わっていますから、清彦さんは座っていてください。あなたがキッチンに立っていると怖いです」

「失礼だな。俺だって料理の基本くらいはできる」

「ウソですね、旦那さま。この前だって、魚の焼き加減を見ていてくださいって頼んだら、見事に黒コゲになったじゃないですか」

他にも天野は、ジャガイモの皮を剥《む》かせたら本体がものすごく小さくなったり、卵を割ってもらったら殻だらけになったりと、いくつか前科がある。

もはや料理以前の問題な気がするが、仕事ではなんでも器用にこなす天野は、キッチンに立つと途端に不器用になるのだ。

そのことを、玲央奈はここ最近で身をもって知った。

「せめて皿くらいは運ばせてくれないか？」

「そのくらいなら許可します」

「なるほど、これが『かかあ天下』というやつか」

「それはちょっと……」

違う気がする、と玲央奈は心の中で否定しておく。

皿がテーブルに並べば、ふたりで「いただきます」と手を合わせる。

相変わらず、天野が料理の感想を言う以外は静かな食卓だったが、この晩も玲央奈と天野はそろって、仲良く夕食を食べたのだった。

翌日。

玲央奈たちは午前の早い時間に家を出て、依頼人である三ケ山《みけやま》さん宅へと、天野の運転で向かった。

マンションの地下に停めてある彼の車は、黒のボディがスタイリッシュな、見るからに高級車だった。だが本人にこだわりがあるかといえばこれといってなく、稲荷のアドバイスを参考に適当に選んだのだという。

玲央奈は薄々感じていたが、天野はあまり物欲がないようだ。

（家にも必要最低限の物しか置いていないし……これも、私が彼について知っていることに数えてもいいわよね）

そんなことを考えている間に、車は高速を抜けた後、どんどん山道へと入っていった。高級車には似合わない田舎の風景が車窓越しに流れる。

止まったのは、平屋建ての日本家屋の前。

「ね、猫だらけ……」

玄関に着くまでの短い間にも、玲央奈は何匹も猫を見つけた。

黒猫、白猫、三毛猫、キジトラ猫……種類も豊富だ。

彼等は天気がいいためか、丸まって日向ぼっこをしていたり、梅の木に体を寝そべらせたりしている。

中には化け猫だろうと思われる猫もいて、それはなんとなく気配でわかった。

「三ヶ山さんはギックリ腰の後遺症であまり動けない。俺たちが行く時間を連絡したら、『鍵は開けておくから勝手に入ってきて』だそうだ」

そう言って天野は、立て付けの悪い引き戸を開けて遠慮なく入っていく。不用心極まりないが、民家の少ないところだと防犯意識は下がるのかもしれない。

室内はもっと猫まみれで、廊下を歩く度に長い尻尾が、玲央奈の足をふわふわと掠めていった。古ぼけた木の柱は爪痕が幾筋も残され、ミャアミャアと猫の鳴き声がそこかしこから聞こえる。

（いったい何匹いるの？）

化け猫と普通の猫の割合は半々くらいか。合わせたら百匹近くはいそうだ。

だが危惧していたように、化け猫は玲央奈に襲いかかったりはしない。むしろ天野の方を警戒している様子で、彼の説明通り、シンプルに天野が猫に嫌われているようだ。

これは、化け猫捕獲作戦も天野ひとりでは苦労しそうである。

「──ああ、天野さん！　来てくれたんやねえ！」

居間に着けば、間延びした明るい声に歓迎された。

三ヶ山は畳の上に特大のクッションを置き、さらにその上に寝転がってテレビを見ていた。周りには数匹の猫が寄り添っている。

この家で猫たちと暮らしているという彼女は、四十代後半の独身女性。ふくよかな体型に、ざっくりカットされたショートヘアー。にゃん！と曲線を描く猫口には愛嬌がある。

玲央奈は招き猫に似ているなという第一印象を抱いた。

「助っ人にお嫁さんも連れてくるって電話で言っていたけど、そっちの子やね？　別《べっ》嬪《ぴん》さんやねぇ」

「……はじめまして。よろしくお願いします」

訂正したらややこしくなりそうなので、『お嫁さん』扱いを黙して受け入れる。

ただ天野のことは一睨みしておいた。本人はどこ吹く風だったが。

「こんなみっともない姿で悪いねえ。これが一番楽な体勢で。でもお茶くらいは淹れられるから……いたたたたっ！」

三ヶ山はクッションから起き上がろうとしたが、腰の痛みに悶絶して再び沈む。玲央奈は「お茶はけっこうですので安静にしていてください！」と、周りの猫たちと一緒に慌てた。

「妻の言う通り、ご無理なさらず。僕たちはすぐに迷子猫の捜索に向かいますので。他の猫たちから手がかりになる情報は聞けそうですか？」

「そうやねえ、今聞いてみるわ」

「猫たちから聞く……？」

天野の不可解な言い回しに、玲央奈はハテナを浮かべる。

天野がしてくれた説明によれば、なんと猫又の半妖である三ヶ山は、猫と意思疎通ができるらしい。

実際に三ヶ山は目の前で、化け猫たちを集めて「にゃあにゃあ」「ああ、そうかもしれんね」「みゃあ」「なるほどねえ」などと会話をしている。

今回は探す対象が化け猫なため、同じ化け猫たちから情報収集をしているが、三ヶ山は普通の猫とも話せるそうだ。半妖の能力とは本当にいろいろあるのだなと、玲央奈は感心する。

「ふむ……迷子の子は、昨日と同じでいろいろな場所に現れとるみたいやね。朝は墓地の方で見かけたそうやわあ」

「わかりました、まずはそちらで探してみます」

「助かるわあ、本当に。また猫たちから情報を得られたら、メッセージで連絡入れるから。……私が直接、迎えに行けたらいいんやけどねえ。あの子は手負いやし、あやかしになって間もないから心配で心配で」

化け猫という種族は、最初からあやかしとして生まれるものと、普通の猫が死んで妖力を得てあやかしになるパターンがある。迷子猫は後者で、あやかしになる前は人間に飼われていた飼い猫だったという。

「無口な子やから、私ともあんまりお喋りしてくれんかったけど、交通事故で亡くなったみたいやね。飼い主の車に乗せられて出掛けている途中で、トラックが横からぶつかってきたんやって。それから化け猫になったそうやけど、名無しのあやかしたちにイタズラに絡まれて、力尽きて倒れて……そこを私が保護したんや。つい先月の話やねえ。いきなり逃げた理由はわからんけど、無事に帰ってきてほしいわあ。もう大事なうちの子やもん」

ふっくらした顔に憂いを乗せる三ヶ山は、心の底から迷子猫を案じているのだろう。彼女にとってここにいる猫たちは、普通の猫だろうが化け猫だろうが構わず、きっと等しく家族なのだ。

三ヶ山は体勢を無理にならない程度に起こして、玲央奈たちに深々と頭を下げる。

「あの子をよろしく頼むねえ、天野さん、お嫁さん」

「お任せください」

「わ、私も頑張ります」

――こうして、迷子の化け猫探しは幕を開けた。

三ヶ山の家をスタート地点とし、玲央奈たちは真っ先に墓地へと向かった。だがいくら探しても見つからず、ここはハズレ。

この依頼はどうやら体力勝負なところがあるようで、三ヶ山から連絡が来る度に、天野と玲央奈は車や徒歩であちこちを駆けずり回った。

小さな町の商店街、公園、公民館、民家の庭……難しいのは、大半の人には見えない化け猫なため、人間サイドからの目撃情報を得られないところか。それどころか、玲央奈たちがなにを血眼になって探しているのか、そこらを歩く人たちには理解すらされないのだ。

だがこれまで、呪いとひとりで戦ってきた玲央奈からすれば、あやかし関係のことを他者に理解されないなど慣れっこである。

これしきのことでめげたりはしない。

途中、三ヶ山宅でお昼も頂き（腰が楽なうちに作ってくれたらしい、野菜たっぷりなソース焼きそばをみんなで食べた）、合間に休憩も挟みつつ、玲央奈たちは懸命に捜索を続けた。

そして気付けば、空は茜《あかね》色。

迷子猫は見つからないまま、夕方へと移り変わっていた。

「またここなんですね……」

「今度こそいるといいんだがな」

玲央奈と天野は現在、最初に探し終えたはずの墓地に、再び連絡を受けて戻ってきていた。広い敷地内にはおびただしい墓石が並んでいる。死者が眠るこの場所の空気は、どこかヒヤリと冷たくて独特だ。

本音を言えば、玲央奈は墓地にはあまり来たくはなかった。

今は天野が傍にいるため、玲央奈を狙うあやかしは鳴りを潜めているが、墓地を住み処にするあやかしは多い。

またそういう事情とは別に、母である玲香の死をどうしても想起してしまう。

（お母さんが亡くなってから、なんとか立ち直れたと思ったのに……お墓参りとかも、いまだに辛いのよね）

弱い自分に、強がりな玲央奈は辟易《へきえき》する。

「……潮？　どうした、大丈夫か？」

「え……」

「どこか辛そうに見えたが」

顔を覗き込んできた天野に心情を言い当てられ、玲央奈は虚を突かれた。

表情を崩してはいないし、辛そうな素振りだって一切見せてはいないはずだ。それなのに、天野の切れ長の瞳の奥には、はっきりと玲央奈を案じる色が見える。

（これも、天邪鬼の心を読む能力……？　でも読めない人もいて、私の心は読めないって前に言っていたわよね）

それはウソではないと思う。

つまり今の天野は、彼自身が玲央奈を気にかけて、目敏く気遣ってくれたということで。

（ちょっと、嬉しいかもしれない）

じんわりと温かくなる胸に、玲央奈は無意識に手を添える。

「疲れたのか？　あとは俺が引き受けるから、君は三ヶ山さん宅に先に戻って休んでいろ。歩くのも無理そうなら、いったん俺が車を取ってきて……」

「い、いいです！　私は元気です！」

意外と過保護な天野に、玲央奈は努めて元気な声を出す。こういうとき、笑顔のひとつでも浮かべて安心させられたらいいのだろうが、あいにくと玲央奈は笑顔を作るのが下手だった。

天野は「本当に大丈夫か」とまだ懸念を覗かせている。

「仕事においても君は自分に厳しいからな。本当は辛いのにウソをついて誤魔化しているのかもしれない。旦那さまにウソをつくのは感心しないな、お嫁さん」

「ついてませんよ、清彦さんじゃあるまいし。それよりもほら、化け猫探しに集中しましょう？　二回も目撃証言があったなら、ここで見つかる可能性は高いです。そういえば清彦さんは昨日、どこで迷子猫を捕まえ損ねたんでしたっけ？」

「商店街の花屋だな。今日は目撃証言がなかったが、昨日は菊の花のバケツの前に座って、熱心に花を見ていたぞ」

そこを天野が後ろから近付いて捕まえようとしたら、返り討ちにあったわけだ。

（墓地に……菊の花……もしかして）

玲央奈が閃《ひらめ》きかけたとき、ふと天野が屈んで「潮、あそこだ。いたぞ」と耳打ちしてきた。

「……っ！」

くすぐったさに悲鳴をあげかけたが、天野の顔が真剣だったため、玲央奈も悲鳴をぐっと呑み込む。

せっかく見つけたのに、ここで下手に驚かせて逃げられてはたまらない。

――迷子猫は、ひとつの墓石の前でちょこんとお座りをしていた。

傍に立つ柳の木が風にそよそよと揺れている。

品のある緑目の黒猫。額に×印みたいな特徴的な傷があり、鈴のついたボロボロの首輪をしている。傷は事故のときについたもので、首輪は生前からの物であろう。すべて三ヶ山から聞いた特徴と一致する。

「さて、どう捕まえるか。念のため、危ないから潮は下がって……」

「あの、清彦さん。私に説得させてもらえませんか？」

無理やり捕まえるよりも、あの化け猫がどうして急に三ヶ山の元から逃げ出したのか、その理由を考慮した上で説得し、向こうから帰ってきてもらいたい。

玲央奈はそう考えた。

そして説得を実行するなら、天野より玲央奈の方がきっと適任だ。

「なにか考えがあるのか？」

「はい」

「わかった、君に任せよう」

存外、天野はあっさりと、ここは玲央奈に託してくれた。

（てっきり止められるかと思ったのに……。でも天野主任って、部下が挑戦したいってやる気を見せたら、無茶なことでもできるだけさせてあげるのよね）

玲央奈の背を軽く押し、「責任は俺が取るから、潮の好きにするといい」と送り出す天野は、まさに『いい上司』だ。

玲央奈に対して、偽とはいえ自分の嫁として気付かってくれたかと思いきや、この依頼を共に受けたパートナーとしても信頼を見せてくれる。

天野への好感度が着実に蓄積されていることに、玲央奈は目を逸らしつつ、静かに化け猫へと近付いた。

「ねえ」

呼びかけに、猫は三角の耳をピクリと反応させたものの、逃げたりなどはしなかった。

玲央奈が強引に捕まえる気がないことを察したのだろう。

「ここにいる私と清彦さんは、あなたを探すように三ヶ山さんから頼まれたの。三ヶ山さんは、あなたのことをとても心配しているわ」

「……」

当然ながら、玲央奈は三ヶ山と違って猫と会話なんてできない。

だけど、化け猫はビー玉のような瞳で墓石を見つめながらも、玲央奈の言葉に耳を傾けてくれている。

「もしかして、なんだけど。あなたが逃げた理由って……生きていた頃の飼い主を探していたんじゃない？　もう、いない飼い主を」

猫はまるで「そうだ」と肯定するように、長い尻尾で地面をぺちんっと力なく叩いた。

玲央奈の推察はこうだ。

三ヶ山は、目の前の黒い化け猫は『交通事故で亡くなった』と言った。『飼い主の車に乗っているときに、トラックにぶつけられて』とも。

そのときにおそらく、飼い主も一緒に亡くなったのではないだろうか。

だけど最初はそのことを猫は知らなくて、動けるようになったら真っ先に、飼い主を探そうと逃走した。あちこちで目撃例があったのは、飼い主と所縁《ゆかり》のある場所を巡っていたのかもしれない。

だけどもう、飼い主が死んでいることには薄々、昨日の時点で猫は気付いていた。

菊の花は、死んだ人に供える用途のある花だと、ちゃんとわかって花屋のバケツの前にいたのだ。

しかしながら大事な人の死なんて、簡単に受け止められるものではない。

だから、朝は墓地に現れたものの、玲央奈たちが化け猫探しをしているのと同軸で、猫の方はまだ飼い主探しをしていた。どこにもいないとわかりながら、それでも探していたのだ、きっと。

「……でも、飼い主の死を認めてしまったから、今はここにいるのよね？　そのお墓、あなたのご主人さまのお墓なんでしょう？」

墓石には女性らしき名前が刻まれている。

この猫にも、ご主人さまがつけた名前が過去にあったのだろう。

だが、これらの推測はあくまで推測。想像の域を出ない。

それでも玲央奈が半分以上確信を持って言えるのは、この猫の行動が、玲央奈自身にも身に覚えがあるからだ。

あれは、玲香が亡くなったとき。玲央奈もその事実を消化できず、母の面影を探して、思い出のある場所を知らず知らず歩いていたことがあった。そしてそんな己に折り合いをつけるため、辛いけどあえて墓参りに赴《おもむ》いた。

あなたの気持ちはわかるよと、玲央奈は言外に化け猫へ伝える。

「気が済んだなら、三ヶ山さんのところへ帰りましょう。あなたを待ってくれている人のところへ。あなたも、そろそろ帰りたいわよね？」

一歩、化け猫の方へ足を進める。

……玲央奈は以前、同棲を始めたくらいに天野から、『半妖やあやかしの死』について聞いたことがある。

半妖は、あやかしの力を持つ以外はあくまで人間であり、怪我や病気、老衰で普通に死んでしまう。

その点、あやかしは妖力が尽きない限り死ぬことはない。ただ例外もあって……名持ちのあやかしのみ、自分で『消えたい』と望めば、いつでも存在をこの世から消すことができるのだそうだ。

飼い主の死をちゃんと理解した今、この化け猫が消えることを望んだとしてもおかしくはない。

それなのにまだ、こうしてこの世に留まっているということは、留まらせる『なにか』があるということだ。

それは十中八九、三ヶ山への『情』だろう。

「にゃあ」

化け猫は一鳴きすると、くるりと玲央奈の方を振り向いて、迷いなく足元にすり寄ってきた。首輪についた錆びかけの鈴がチリンと音を立てる。

茜色の陽の中で、尻尾はまだ寂しさを纏って揺れていた。

「おかえり」

三ヶ山の代わりにそう告げて、玲央奈は黒い小さな体を優しく抱き上げたのだった。

化け猫を連れて戻ると、三ヶ山は腰の痛みもなんのその、玲央奈たちが止めるのも聞かずにすごい勢いで走ってきて、化け猫をぎゅうぎゅうとその胸に収めた。

「無事でよかったわあ、本当によかったわあ！　天野さんとお嫁さんも、ありがとうねえ」

彼女は半泣き状態で、玲央奈たちにも何度も何度も繰り返し礼を述べた。

抱き締められている化け猫は苦しそうにしながらも、満更でもない様子だったので、玲央奈は小声で「もう心配かけちゃダメよ」と告げておいた。

にゃーと返事をしたから、今後は大丈夫だろう。

三ヶ山から「お礼に」と自家製の梅ジュースを瓶でもらって、玲央奈たちはただいま、天野の車で帰宅中である。

「清彦さん、少し窓を開けてもいいですか？」

「ああ」

助手席に座る玲央奈に、運転席の天野は前を向いたまま短く答える。

隙間から吹き込む風が、玲央奈の髪を柔らかに掬《すく》い上げた。

チラッと天野の方を見れば、端正な横顔が夕焼けに縁どられて、一枚の絵画のように映えていた。見目が完璧な男は運転も完璧で、安心して玲央奈はシートに身を埋めている。

車内は音楽など流れておらず、たいした会話もない無音状態。

食事中もそうだが、玲央奈はやはり、天野との間に広がる静寂は嫌いではなかった。むしろ心地いいのだ、なんとなく。

だけどふと、天野に聞きたいことがあったのを思い出す。

「帰り際に三ヶ山さんと、今回の報酬として情報をどうとか喋っていましたけど、梅ジュース以外にも報酬を受け取っていたんですね。情報ってなんの情報なんですか？」

「……聞いていたのか」

稲荷は『守り火の会』の活動は、ほぼ無償のボランティアだと言っていたが、依頼主と交渉して個人的な報酬をもらうことは無きにしも非《あら》ずらしい。

天野はなにかしらの取引を、三ヶ山としているようだった。

「そうたいした情報でもないさ。老後に猫を飼うのも悪くないなと、今日の一件で思えてな。猫に好かれるコツを教えてもらっていたんだ」

「ウソですね、旦那さま。猫を飼う気なんてないくせに」

「バレたか。まあ、俺は飼う気はないが、ペットがほしいと君が言うなら一緒に面倒は見るぞ」

「検討しておきます」

そこでこの話題は打ち止めになり、天野にあからさまにはぐらかされたことに、玲央奈は一抹の寂しさを覚える。

（踏み込みすぎたかな……）

ふたりで依頼をこなしたのだから、報酬代わりの情報の概要くらい、普通に教えてくれるだろうと高を括っていた。だがこれは不可侵領域だったらしい。

依頼達成で浮ついていた玲央奈の気分が萎《しぼ》む。もう黙って、窓の外を眺めていることにした。

風景は連なる山から連なるビルへ。

無言が続く中、車は玲央奈の見知った街へと帰っていく。

しかし、赤信号で止まったところで、天野が「ああ、言い忘れていたな」と口を開いた。

「まだちゃんと君に、俺から礼を言っていなかった……ありがとう、潮。今回の依頼が達成できたのは君のおかげだ。俺ひとりじゃまだまだかかっただろう。俺のお嫁さんはやはり優秀だな」

横顔から覗く天野の微笑みが、あまりに綺麗で優しくて、玲央奈は束の間言葉が出てこなかった。

やっと絞り出したのは「た、助け合うのが夫婦ですから」という軽口。それに天野は「そうだな」とおかしそうに笑う。

「さすがに今日は疲れただろう。夕食はどこかで食べていくか。選択肢としては俺が作ってもいいが……」

「絶対に止めてください」

「なら外食で決定だな」

玲央奈の気分は上がったり下がったり、また上がったりと忙しない。

パッと信号が青に変わり、再び車が動き出す。

「君のリクエストを受けよう。なにが食べたい？」

「じゃあ……お寿司で」

「了解した。いいところに連れて行ってやる」

天野が慣れた手さばきでハンドルを切る。

いつの間にか辺りは暗くなり始め、ポツポツとネオンサインが灯りだしていた。

夜の天蓋が覆いかぶさる街を、ふたりを乗せた車はただゆるやかに、目的地に向かって進んでいった。

四話　ウソつき旦那さまと初デート?

いた。
にいたため、玲央奈は気を遣って、弁当箱を持ってうろうろと別の食事場所を探して
いつもは自分のデスクでお手製の弁当を開くところ、今日はまだ仕事中の人が近く
会社のお昼どき。
「稲荷さん……？」
「玲央奈ちゃん、ちょっとこっち、こっち」

だがその途中で、ひょこっと会議室から顔を出した稲荷に呼び止められる。

誘われるまま会議室に入れば、中にはコの字型に並んだ長机に椅子、ホワイトボー
ドなどが置かれ、社員の姿は稲荷ひとりしかいなかった。

「急にごめんね、まだお昼前だよね？」

「あ、はい」

「いいな、玲央奈ちゃんの手作り弁当。キヨにも作ってるの？　愛妻弁当じゃん……

ん？　でもアイツのお昼、毎日ゼリー飲料と市販のパンだよな」

「天野主任には作っていません。その、バレたらいろいろと面倒なので」

それだけで、稲荷は「ああ……」と察してくれた。

天野の分の弁当も作るとなると、玲央奈の弁当とどうしても中身が被る。多少は変
えられたとしても、完全に別物にするのはけっこうな手間だ。

するとなにが起きるかというと、まず天野が弁当を持ってきた段階で、女性社員の間では瞬く間に噂になるだろう。そして女子の調査力とは恐ろしいもので、天野の弁当＝玲央奈の弁当であることを、あの手この手でいずれ突き止めるに違いない。

そんなことになれば玲央奈は終わる。

女性の嫉妬はあやかしより怖い。

「作ること自体は問題ないんですけどね。主任は放っておくと食生活が心配だし……」

「さすが、できた嫁って感じだねえ」

「からかわないでください。それより、私に用事があるんですよね？　早く済ませて頂けると助かります」

天野ほどの熱狂さはないとはいえ、稲荷も女性に十分人気がある。そんな彼とふたりきりでいるところを見られるのもまた厄介だ。

稲荷は「それもそうだね」と細い目をさらに細めて、スーツのポケットからチケットを二枚取り出す。イルカやクラゲのイラストが入ったポップな紙ペラを、ひらひらと振ってみせた。

「なんですか、これ。水族館のご招待券……？」

「取引先の人から頂いてさ。有効期限が今週末までなんだって。玲央奈ちゃんにあげるから、キヨと夫婦で行ってきなよ」

「え……っ」

チケットを押し付けられ、反射的に受け取ってしまったが、まさかの提案に玲央奈は弁当の方を落としかける。

なんとかキャッチには成功した。危ない。

だが中身の卵焼きやホウレン草のおひたしは片寄ったかもしれない。

「な、なんで天野主任と……」

「たまにはデートもいいんじゃないかなって。ふたりで出掛けるのは初めてじゃないだろうけど、ふたりで遊びにはまだ行ってないでしょ？」

「ふたりで出掛けたことなんて……あ」

もしや、先週末の化け猫探しの依頼に、玲央奈が同行した件だろうか。

あの後は回らない高級寿司屋に連れていってもらい、あまりのおいしさと値段の高さに眩暈《めまい》がしたが、それらを含めて玲央奈には忘れられない一日となった。

案の定、稲荷が指しているのはその件らしい。

「キヨから聞いたよ？　玲央奈ちゃんが化け猫を捕まえるのに大活躍したって。アイツが依頼を手伝わせたことにも驚きだけど、そりゃあもう、玲央奈ちゃんのことを褒める褒める。嫁自慢がすごい」

「あの人、稲荷さんになにを喋っているんですか……」

玲央奈はいたたまれなくて俯く。

羞恥で頭が沸騰しそうだ。

「チケットをキヨの方に渡してもよかったんだけどさあ、玲央奈ちゃんから誘った方が、絶対におもしろ……キヨが喜ぶかなって。ほら、親友を喜ばせてやりたい男の友情的な？」

「面白そうって言いかけましたね」

「そんなわけで、次の日曜日にでも行ってきてよ！　キヨは午前だけ予定あるけど、午後は暇なはずだから。あ、俺からチケットをもらったことは内緒ね？　そっちの方がスムーズに進むだろうし。じゃあ、楽しんできてね！」

「ちょっ、稲荷さん！」

人を呼びつけておいて、稲荷は狐顔をにんまりあやしくゆるめると、さっさと会議室から出て行ってしまった。

「清彦さんと水族館デートとか……」

静かになった室内で、玲央奈は手元のチケットに視線を落とす。

目が合ったイルカのイラストは、「待っているよ！」と語りかけてくるようで、どうしたものかと頭を悩ませるのであった。

コトッと、玲央奈の目の前に白いマグカップが置かれる。

先ほどまでは夕食の肉じゃがなどが並んでいた食卓の上は、今はコーヒーが揺蕩《たゆた》うカップのみ。

奥深い芳醇な香りを漂わせるコーヒーは、飲む前からその極上の味わいを想起させた。

「ありがとうございます、清彦さん」

「ブラックでよかったな?」

「はい」

天野も同じカップを片手に、玲央奈の向かいに椅子を引いて座る。

玲央奈がキッチンの戸棚から、手動式のコーヒーミルをたまたま見つけたのは一昨日のこと。

淹れてやろうか?と天野が申し出たときは不安だったが、『俺は料理は壊滅的だがコーヒーを淹れるのは上手い』と豪語するのでお願いすれば、予想を上回るプロ並みの腕前だった。カフェを開店できる味だ。

絶賛する玲央奈に気をよくしたのか、まだ三日目だが、すでに天野が食後の一杯を振る舞うのは習慣となりつつある。

「それで、潮。俺になにか言いたいことがあるんじゃないのか?」

「んっ！」

ちょうど玲央奈がコーヒーに口をつけたところで、天野が切り込んできた。

図星であったため、玲央奈はむせかける。

「んんっ……わ、わかりますか」

「わからないと思うか？　食事の間もずっとソワソワしていただろう」

「そんなに私はわかりやすいタイプでもないはずなんですが……」

実際のところ、天野が玲央奈の些細な変化にも鋭いだけだ。

（お昼にチケットを稲荷さんにもらってから、そもそも本当に行くのかとか、いっそ莉子姉に譲っちゃおうかなとか、誘うとしたらどう誘えばいいのかしらとか……いろいろ考えたけど）

「実は、ですね」

思い切って、玲央奈は水族館のことを話した。

チケットは適当に知人からもらったことにして、言い出したからには天野とふたりで行く方向に舵を切ってみる。

……玲央奈だって、天野と行きたくないわけではないのだ、けっして。

「それで、たまにはそういうのも、その、悪くないかなと思いまして。清彦さんが少しでも興味があるなら……清彦さん？」

気恥ずかしいため、玲央奈はコーヒーの水面と睨めっこしながら話していたが、天野からのリアクションは一向に返って来ない。

そうっと顔を上げて窺えば、天野は眉を寄せてひどいしかめっ面をしていた。それでも整った造形が崩れていないのはさすがだが、玲央奈はその表情を見て一気に後悔する。

「や……やっぱり清彦さんは、水族館になんて興味ないですよね。しかもただの契約相手とだなんて。変なこと言ってすみません。今の話は忘れてください。チケットは莉子姉に渡しますので……」

「待て」

「はい？」

もうさっさとこの話題を終わらせたくて、早口になる玲央奈を、天野は存外強い声で遮った。

彼は明後日の方を向いて「その、だな」と歯切れ悪く唇を動かす。

「君からそんな誘いを受けるとは思わず……困惑した。どんな表情をすれば正解かわからなかった。誤解しないでほしいのだが、俺は君と遊びに出掛けたくないわけではない。むしろ行きたいのが本心だ」

「……お得意のウソですか？」

「ウソじゃない」

食い気味で返された玲央奈はそこで、顔を背ける天野の耳が、ほんのり赤くなっていることに気付いた。

（これは……照れているの？　さっきのしかめっ面も、もしかして本当に照れていただけ……？）

異性経験がゼロな玲央奈とは違い、経験豊富であろうあの天野が、玲央奈からのデート紛いの誘いで照れるなんてにわかには信じがたい。

だけど赤い耳は誤魔化せなくて、玲央奈もたまらない気持ちになってくる。

「え、ええっと、それじゃあ、ふたりで週末は水族館に行くということで大丈夫ですか？」

「もちろんだ。土曜日は確か、君が月一の土曜出勤の日だったな。日曜日は俺が午前、オババさまの邸宅に呼び出しを受けているから、そちらを優先して訪問しなくてはいけないが……」

オババさまといえば、『守り火の会』の元締めで、天野や稲荷の育ての親。しかも稲荷いわくかなりの資産家だそうで、そんな人の邸宅なんて庶民の玲央奈には想像もつかなかった。

天野の結婚相手の役を務める以上、いつかは対面することになるだろうが、考えただけで緊張する。

まだその『いつか』は来てほしくない。

「訪問が終わったら、すぐに家まで君を拾いに戻る。水族館へはそのまま俺の車で向かうことにしよう。この段取りで問題はないか？」

「は、はい」

「いいか？　俺と君は日曜日に、一緒に遊びに出掛ける。ふたりきりで、水族館に、行く。これは決定事項だからな」

玲央奈が一度『チケットは莉子姉に渡しますので……』と退いたのが、天野に懸念を抱かせているのか、彼は頑なに約束を取り付けてくる。玲央奈が「わかりましたよ」とはっきり返せば、やっと納得してくれた。

天野の時折見せる必死さは、普段のスマートさが失われてどこか子供っぽい。

その必死さを見せられる度、玲央奈の胸の奥が、微弱な痺れに似た感覚を覚えるのだ。

（早く日曜日になればいいのに）

そんな遠足前の小学生のようなことを考えながら、玲央奈は少し冷めたコーヒーを喉に流し込んだ。

秘密を明かすならば、玲央奈はいまだかつて、水族館に行ったことがなかった。

そもそもまず、レジャー施設と呼べるところで遊んだ経験がほとんどない。

そういったところは、おひとりさまも悪くはないだろうが、だいたいは家族か友達、恋人と行くものだろう。

家族といえば玲香と莉子だが、シングルマザーな玲香は常に多忙で、莉子ともわざわざ遠出してレジャー施設などには赴かなかった。友達も昔はいたが、呪いを受けてからはぼっちだ。恋人は言わずもがな。

そんなわけで、訪れた日曜日。

玲央奈は水族館という未知の場所に、天野との外出云々は抜きにしても――年甲斐もなく舞い上がっていた。

「清彦さん、見てください。クラゲだけの展示コーナーがあるそうです。後で寄ってもいいですか？」

「ああ、君の行きたいところに付き合おう」

「い、いいんですか？　それならアザラシの水槽にも寄りたいです。生まれたての赤ちゃんも見られるみたいで……」

「そこに行くなら、君が最初に見たがっていたペンギンショーを見てから、ラッコとのふれあいコーナーを通って進めば効率的だな。イルカショーの整理券の配布所もルートに入れられる」

「お昼の時間も考慮しなくてはいけませんね」

「無駄なく行こう」

「はい」

玲央奈がパンフレットを広げ、天野がそれを横から覗き込む形で、合理主義なふたりは水族館の効率のいい回り方を検討している。

「あっ、でもタカアシガニも気になる……」

玲央奈は天野の顔が真横にあっても気にならないほど真剣な様子だ。そんな彼女のことを、天野は柔らかな眼差しで見守っている。

マンションから車で一時間ほど。

やってきた水族館は、最近リニューアルオープンしたばかりとかで、たくさんの人であふれかえっていた。巨大エイが泳ぐ水槽には、親子連れやカップルに交じる玲央奈たちの姿が映っている。

本日の玲央奈は髪をゆるく内側に巻き、格好は襟に刺繍の入ったふんわり系の水色ブラウスに、グレーのリブスカートで『大人カワイイ』を演出したコーデ。プロデュースは莉子である。

電話での雑談中、玲央奈がうっかり水族館デートのことをこぼすと、莉子はそれはそれは大興奮。

前日の土曜日の、お互いの仕事終わりに強制的に服屋へ連れ出され、そこであれやこれやとデート服を選ばされた。髪型も彼女のアドバイス通りだ。

一方で天野は、オババさまに会ってきた直後なのもあって、私服とはいえカッチリ目な格好だ。白シャツに、モノトーンでそろえたテーラードジャケットとスキニーパンツ。

シンプルなのにスタイルのよさが諸に出る着こなしで、先ほどから下手をすると巨大エイより女性たちの視線を集めている。

「ねえねえ、あの人カッコよくない？」

「モデルさんかな。横の子は彼女？　違うなら声かけちゃおうかな」

「えー……でもカップルっぽいし」

そんなひそひそ声が聞こえてきて、玲央奈は辟易する。事前に予測できたこととはいえ、どこにいても天野の注目度には恐れ入る。

本人は慣れているのか一ミリも意に介していないが。

「なんだ、急に黙りこくって。タカアシガニはいいのか？」

「タカアシガニは見ます。……そろそろ次のところに行きましょうか。一ヵ所に留まっていたら回りきれませんし」

それに留まっていると、天野に本気で声をかける強者も現れるかもしれない。

(今は私と出掛けているんだから)

水を差すようなことはしてほしくないと、玲央奈は手早くパンフレットをたたんだ。

「そうだな、行こうか」

「はい……って、ちょっと、清彦さん!?」

極々自然に、天野は玲央奈の手を取った。

触れる自分より大きな手に、玲央奈の肩が盛大に跳ねる。

「これだけ人が多いんだ。はぐれないように夫婦が手を繋いだって、なにもおかしくはないだろう?」

「夫婦じゃありませんって」

否定を口にしながらも、玲央奈は繋がる温度が嫌ではなかった。

今日はやたらとご機嫌な天野に手を引かれたまま、履き慣れない新しいパンプスで歩き出す。

しかもその状態で、天野は「言い忘れていたが、今日の君は特別に可愛いな」などと褒めるものだから、玲央奈はどうしていいかわからなくなる。

「ま……またウソですね、旦那さま。お世辞はけっこうです」

「好きに受け取るといい」

天野は『可愛い』と称したことを、否定も肯定もしなかった。

それから、玲央奈たちは立てた計画通りに水族館内を進み、ペンギンショーでよちよち歩くペンギンたちを見守って、ラッコの親子ともふれあい、アザラシの赤ちゃんに癒されて楽しんだ。

世界最大の節足動物であるタカアシガニの水槽では、天野がそれらしい知識を披露して玲央奈は一瞬騙されかけたが、水槽横に貼られている説明文を読めば、玲央奈をからかってのウソだと発覚した。

そんな戯《たわむ》れも挟みつつ、イルカショーの整理券も無事にゲットして、館内のレストランでパスタやオムライスを堪能。

今はクラゲの展示コーナーに向かうところだ。

このコーナーはイルカショーの次に人気が高いらしく、パンフレットを開いたときに、玲央奈が最初に目を留めたのがそこの写真だった。

期待を高めつつも、玲央奈はふとあることに気付く。

「清彦さん……どなたかお知り合いでもいたんですか？」

天野が行く先々で、スッと視線を走らせて周囲をチェックしているのだ。まるで誰かを探しているように。

「……ああ、ちょっと知り合いらしきやつを見かけてな。姿を変えてはいるが、おそらくそうだ」

『姿を変える』など大袈裟な言い回しだが、要は天野が普段会うときと違う格好の知人がいたらしい、と玲央奈は解釈した。

会社関係の人か、はたまた半妖関係の人か。

そこで、天野の目が人混みの中から、黒髪で中肉中背の素朴そうな青年を捉える。玲央奈にはまったく覚えのない人物だ。

青年は「ヤベッ」という顔をすると、玲央奈たちがさっき来た道を脱兎の如く引き返すように逃げた。

天野が低い声で「やはりか……」と呟く。

「すまない、潮。俺はアイツを捕まえてくる。君は先に展示コーナーに行っていてくれ」

「えっ？　あ、はい」

あっという間に天野は、長い足を駆使して青年を追いかけていってしまった。唐突に置いてかれた玲央奈は、しばし呆然としたが、仕方なくひとりでクラゲを見に行くことにする。

いずれ天野からはスマホに連絡が入るだろう。

（一番楽しみにしていたとこだったから……清彦さんと見たかったけど）

早く戻ってきてくれることを無意識に祈りながら、玲央奈は『クラゲの世界』とプレートが掲げられた部屋へと足を踏み入れる。

中は照明を絞った状態で薄暗く、迷路のような作りになっており、円柱形の水槽がいくつも配置されていた。水槽は色とりどりの光でライトアップされていて、水中を泳ぐクラゲたちが幻想的に浮かび上がっている。

水族館が初体験の玲央奈は、生のクラゲを間近で見るのも初めてだ。

クラゲと一口で言っても、ミズクラゲ、ウリクラゲ、タコクラゲ、カブトクラゲなどなど……ここの水族館だけでも種類は多い。解説によると、世界には三千種類以上も存在しているらしい。

ふよふよと漂う彼等は自由気ままに思えて、玲央奈はなんだか「いいなあ」なんて羨望を抱いてしまう。

（私もこの呪いさえなければ、もっと自由に生きられたのかしら……）

首裏の痣に触れながら、そんな感傷に浸る。

だが逆に、呪いの件がなかったら、天野と偽りの関係を結ぶことも、共に住んで半妖のことに首を突っ込んだりすることも、こうしてふたりで水族館に行くこともなかっただろう。

それはそれで、想像すると玲央奈は寂しかった。

（なんだかんだ、清彦さんはウソつきだけど優しいし……かなり絆されているわよね、私。『清彦さん』って名前で呼ぶのも、すっかり板についちゃったし）

むしろ板につき過ぎて、うっかり会社で呼ばないように気をつけているくらいだ。

だがそのことに関して、玲央奈はずっと天野に物申したいことがある。

今日こそ言ってみようか……と、思案していたときだ。

「ん？」

一メートルほど離れた水槽の前で、仲良く肩を並べるカップル。

その足元に、小さな丸っこい生き物がうずくまっているのを、玲央奈はたまたま見つけた。

「あれって……河童？」

緑のツルツルした二頭身のボディは、手の平に乗るくらいのミニサイズ。背中に甲羅を背負い、頭にはちょこんと乗る皿が見える。どこからどう見ても河童だ。しかもシクシクシク……となにやら泣いている。

まさかこんな場所で名持ちのあやかしに遭遇するとは思わず、玲央奈は狼狽える。

名無しだったなら、玲央奈を襲おうとして来た可能性もなくはない。天野のおかげで近寄られなくなったが、かつては玲央奈がどこにいようと、奴等はしつこく追いかけてきたものだ。

だが河童は人間にまだ友好的らしい『名持ち』のあやかしだし、明らかに玲央奈を襲う感じには見えない。

なにか別の訳があって、あのミニ河童はここにいるのだ。

（とはいっても、名があってもなくても、あやかしはあやかしよね。このままスルーして関わるべきじゃないんだけど……）

実際、少し前までの玲央奈なら絶対にスルーしていた。

しかしながら浮かんだのは、三ヶ山のところの化け猫のことで……玲央奈はもう、こちらから手を差し伸べれば、あやかしだろうと時には心を返してくれることを知っている。

「……ねえ、あなた。なんでこんなところで泣いているの？」

しばしの葛藤を経て、玲央奈はカップルが退いたタイミングで、ミニ河童の元に行き屈んで話しかけた。

人間に話しかけられたことに驚いているのか、玲央奈の纏う天野の気配に萎縮しているのか、その両方か。ミニ河童は飛び上がって、尖った嘴《くちばし》をパクパクさせている。

玲央奈は無害なことをアピールするために、その小さな体を両手で掬い上げて目線を合わせた。

「大丈夫。危害を加えるつもりはないから。泣いていた理由が気になっただけよ」

「……トウチャン、ハグレタ」

「お父さん……？」

河童は化け猫と違って、カタコトだが人間と会話ができるようだ。そこは種族ごとの特性か。

なんにせよ、玲央奈は言葉を交わせることにひとまず胸を撫で下ろす。

「ヤマ、オレタチ、スンデイル。ケド、スイゾクカン、イキタイ。トウチャン、ユルシタ。デモ、ハグレタ」

玲央奈は脳内で単語を繋げていく。

ひとつふたつ質問して、なんとかミニ河童の状況をおおむね把握した。

ミニ河童を含めた数名の河童たちは、この水族館からほど近い山奥に住んでいて、普段は人のいる場所には出て来ない。だが風の噂で水族館の評判を耳にしたミニ河童は、どうしても行ってみたくなり、親の河童に頼み込んだそうだ。

母河童は『危ないから』と厳しく反対したが、父河童が了承して連れてきてくれたという。

（『家族』って概念がある、あやかしもいるのね……）

そこも種族によるのか。

まだまだあやかしについては、玲央奈は知らないことが多い。

「ニンゲン、イッパイ。トウチャン、ワカンナイ……アイタイ」

玲央奈の手の上に、ポタポタと雨粒のような涙が落ちる。ミニ河童の円らな瞳は潤みすぎて今にも溶けてしまいそうだ。

玲央奈のすべきことは決まった。

「わかったわ。私があなたのお父さんを一緒に見つけてあげる」

「ホントウ……？」

「ええ」

玲央奈が力強く頷いたところで、後ろから「潮？」と声がかかった。振り向けば天野が立っている。

「清彦さん……」

「まだここにいてよかった、電話をかけても応答がないから探したぞ」

「あっ！　マナーモードにしてあるのを忘れていました、すみません」

「それでなんだ、その河童は？　どこの水槽から逃げてきたんだ？」

天野はミニ河童をチラリと一瞥する。

水族館の生き物扱いされたミニ河童は、その皮肉に反応することもできず、天野の登場にカチンコチンに固まっていた。

玲央奈は庇うように、ミニ河童を手で隠しつつ状況を説明する。

「……そういうことなので、館内にいるこの子の親を見つけてあげたいです」

聞き終えた天野は、深いため息をひとつ。

「君はまったく……『守り火の会』の依頼ならまだしも、進んで面倒事を引き受けるとは。物好きなのか？」

「そ、それは」

自分でも物好きな自覚はあるため、玲央奈がなにも言い返せないでいると、「またまたあ！」と底抜けに明るい声が割って入った。

「そんなところも可愛いとか思っているくせに、難儀な性格だよね、マジで」

誰かと思えば、天野の後ろにはあの素朴な青年がいた。やけにブカブカのパーカーとジーンズを着ている彼は、これといって特徴のないのっぺりとした顔で、やはり玲央奈の知らない人物だ。

だが……。

「しばらく様子を見ていたけど、そこのチビ河童くんを威圧しすぎだし。さてはキヨ、デートの邪魔をされそうで苛立っているんだろう」

「黙れ。先に邪魔したのはお前だ」

「おいおい、そんなことを言っていいのか？　このデートが実行されたのだって、誰のおかげかわかっている上での物言いだろうな。功労者は俺じゃん？」

「そこは感謝してやる」

「わかっているならよろしい」

繰り広げられるやり取りは随分と気安い。

天野と軽快に話す青年の声に、玲央奈は確かに聞き覚えがあった。

「もしかして……稲荷さん？」

「あれ？　わかっちゃった？　さすがは玲央奈ちゃん！」

パチリと玲央奈がひとつ瞬きをする間に、青年は稲荷の姿へと変わっていた。

オーバーサイズだった服は背丈が伸びてぴったり合い、青年が着ているときはだいぶ野暮ったい印象だったのに、稲荷が着るとラフだがスタイリッシュにバッチリきまって見える。

変装が解けた、などというレベルではなく、本当に人間自体が丸々入れ替わったようだ。

「え、ええ!?」

玲央奈は目の前で起きたことが信じられず、ミニ河童がビビるほど大きな声を出してしまった。

「これは、あの、どういう……っ!?」

「おい、バカユウ。こんなとこで変化《へんげ》を解くやつがいるか」

「暗いし誰も見てないって！　問題ないよ、アホキヨ」

くるっと稲荷は玲央奈の方に向き直ると、「騙すみたいな真似してごめんね」と両手を合わせる。

「不器用でじれったいふたりのデートがどうしても気になっちゃってさあ。こっそり水族館で待ち伏せして後をつけていたんだ。デートの邪魔するつもりはなかったんだけどね」

「いえ、チケットをくれたのは稲荷さんですし、それはこの際もういいです……。それより、さっきのは……」

「あれが『妖狐』の半妖である俺の能力で、狐らしく『変化』だよ。自分の姿を別人に変えられるんだ。言ったでしょ？　ちょっとした能力はあるって」

その力は『ちょっとした』なのだろうか。

玲央奈の知る半妖の能力といえば、天野の『身体能力が高い&人の心を読む』と、三ヶ山の『猫と会話ができる』だけだ。

どちらも十分すごいが、はっきり言ってしまえば、他者には不可視なわかりにくい力である。

反して稲荷の変化は、目に見えて嫌でもわかる。自分だけでなく他者の姿も変化させられるとのことで、使い勝手もよさそうな能力だ。

ただその分、制限がいろいろ多いそうで、変化は一日に一回だけ、効果時間は持って半日だけ。さらになんでも変化できるわけでなく、ある程度は元の人間をベースにしないといけない。故に、人を動物になんてもちろん無理で、大人から子供、男から女なども難しいという。

「説明した他にも、俺の変化は制限がまだまだあって面倒なんだよ。キヨの『守り火の会』の依頼をサポートするときとか、たまに使うくらいかなあ。あとはキヨのプライベートでも使ってやっているし、俺自身を変化させるより、キヨを変化させる方が頻度高いんじゃない？　ほら、バレンタインに女性の大群に追いかけられたときとか、別人に変えて逃がしてやっただろう？」

「ユウ、余計なことまで話すな」

「それに昔もね、キヨがある任務でしくじって妖力を使いすぎて、例の姿になったときなんか……」

「ユウ」

ペラペラお喋りな稲荷を、天野がピシャリと遮った。心底冷ややかな声だったので、玲央奈の方がびっくりしてミニ河童とそろって硬直してしまう。

稲荷は付き合いの長さから平気そうだが、失言ではあったらしく、素直に天野に謝っている。

「口が滑りかけた。悪いな、キヨ。ご勘弁を」

「まったく……お前は日頃からなにかと軽いんだ。変化を会社の忘年会の出し物にしようとしたときは、さすがの俺でも『ウソだろう』ってツッコんだぞ」

「え、したんですか」

硬直が解けた玲央奈はつい口を挟んでしまった。天野は「俺が止めた」と嘆息《たんそく》する。

本気でしたならちょっと見たかったが、天野は「俺が止めた」と嘆息する。

「持っている能力なんて、使わない方が損でしょ」

そう呑気に笑う稲荷は、背後でのらりくらりと揺れているクラゲにも似ていた。

天邪鬼な天野と対等に渡り合うなら、彼くらい楽天的で飄々《ひょうひょう》としている方がいいのだろう。

「あの、稲荷さんはこの後どうするんですか？　もしお時間があるなら、このミニ河童を親元に返すのを手伝ってもらうとかは……」

「もちろん、この際だし手伝うよ！　化け猫探しの次は河童の親探しなんて、玲央奈ちゃんも大変だね。キヨは乗り気じゃないみたいだし、今度は俺とふたりで水族館デートがてらに探そうか」

稲荷の挑発とも取れる言葉に、天野が「誰も手伝わないとは言っていないだろう」と不機嫌丸出しに顔を歪める。

物言いはひねくれているが、つまり天野も協力してくれるということだ。

「でも、その前に！　聞きたかったんだけど、なんでキヨには俺の変化がバレたんだ？　あんなに完璧だったのに」

それは玲央奈も疑問だった。

稲荷が化けていた青年の見た目からは、どこにも元の稲荷の要素など残っていなかったはずだ。

「ユウに教えていなかったか？　ユウは変化の能力を使うとき、妖力が外に漏れているんだ。ユウの妖力なら簡単に判別ができるし、俺はお前自身の変化なんて簡単に見破れるぞ」

「ウソでしょ？　初耳なんだけど！」

「残念ながらウソじゃない」

幼馴染で共に育ったといっても、お互い教えてないこともあるらしい。

玲央奈も莉子にいまだ、あやかしのことも呪いのことも打ち明けられていないので、そんなものなのかもしれない。

「俺がちょっと妖力を使えば、ユウの変化を無理やり解くことも余裕だしな」

そう嘯《うそぶ》いて、天野はわざとらしく瞳を赤くして見せた。

薄闇の中で煌々と瞬く光は、周囲のライトに負けない強さで、確《しか》と玲央奈の網膜に映る。

血を思わせる、鮮やかな赤。

玲央奈が天野のこの瞳の色を見るのは、お見合いの日以来のはずだ。

それなのに、もっとずっと昔にも見たような、そんな奇妙な感覚が襲う。

（お見合いの日はなにかと衝撃の連続で、特に意識してなかったけど……清彦さんの赤い瞳、どこかで見た気がする……どこ、だったかしら）

（あれ……？）

「ダイ、ジョウブ？」

下から小さく声を掛けられ、玲央奈はハッとする。

緑色の体をプルプルと震わせるミニ河童は、考え込んでぼんやりしていた玲央奈を心配してくれたようだ。

玲央奈は礼を述べて、ミニ河童の頭のお皿を指先で撫でた。

その様子を見守る天野の目には、もう赤は残っていない。

「よし、じゃあさっそく、チビ河童くんの親御さん捜索に行こうか！　キヨはひとり、俺は玲央奈ちゃんと行くね」

「きゃっ」

「おい、ふざけるな」

さりげなく玲央奈の肩に腕を回した稲荷を、すかさず天野がベリッと引き剥がす。

結局、捜索はエリアごとに三手に分かれて、見つけたらスマホで連絡することになった。ミニ河童は玲央奈とセットだ。

父河童は、一回りほどミニ河童より大きいくらいで、人間からすればミニサイズなのは変わらないらしい。

（化け猫のときもそうだったけど、目撃情報が得られないのは辛いわ）

だがあのときよりは、捜索範囲は水族館内だけで限定されているし、稲荷という人手も増えている。玲央奈は他の客にぶつからないように気をつけながら、視線を下げて見逃さないようにして歩いた。


そうして、捜索を始めて四十分ほど。

レストラン近くをうろうろしていた玲央奈のスマホに、天野から「見つけたぞ」との連絡が入った。

「清彦さん！　稲荷さん！」

玲央奈がミニ河童を肩に乗せて向かったのは、一万匹ものイワシの群れが縦横無尽に動く水槽の前だ。群泳するイワシを背景に、天野と稲荷がそろって佇んでいる。

水族館も閉館時間に近付いてきたからか、捜索の間にお客は減ってきていて、このイワシの群れコーナーは玲央奈たち以外に誰もいない。

稲荷の足には、水掻きのついた緑色の手がしがみついていた。

「見つけたのはキヨなんだけど、俺が合流したときにはビビられて逃げられかけているところでさ。俺がやんわり保護したんだよ」

河童が動物に入るかはわからないが、天野は相変わらず人間以外には嫌われやすい質のようだ。

稲荷が「ほら」と、父河童の甲羅をしゃがんで前に押す。玲央奈も肩から床にミニ河童を下ろしてあげた。

「トウチャン……！」

一目散にミニ河童はタッと駆け出し、父河童に飛びついた。

父河童も受け止めて、「ヤット、アエタ」と己の子をぎゅうぎゅう抱き締める。

父河童には、母河童の反対を押し切って、水族館にミニ河童を連れてきた責任もある。無事を確かめる様子からは、心の底からの安堵が窺えた。

感動の再会シーンを前に、玲央奈はつい『父』という存在に想いを馳せる。

(私のお父さんが生きていたら、あんな感じだったのかしら)

それはきっと、母の玲香の愛情とはまた違った形なのだろう。

「これで一件落着だな。物好きなお嫁さん？」

「……お父さん河童を見つけてくれてありがとうございます、物好きな嫁をもらってしまった旦那さま」

玲央奈の隣に立った天野が、薄く微笑する。

「化け猫探しのときは君に助けてもらったからな、協力自体はやぶさかではなかったが……潮は根が底抜けにお人好しだな、本当に」

それは妙に感慨が込められた一言だった。

そうかしら……？と首を傾げる玲央奈に対し、天野は「そういえば」と思い出したように言う。

「今日、オババさまにせがまれて君の写真を見せたんだが、『守り火の会』にかつて所属していたメンバーに、目許や雰囲気が似ているとこぼしていたな。俺は面識がないが、その人も相当お人好しだったそうだぞ」

「ちょっと待ってください。その相手も気にはなりますが、私の写真ってどの写真を見せたんですか!?」

「莉子さんから頂いたお見合い写真だが？」

「ウソですね、旦那さま。お見合い写真なんて私は用意していません」

「バレたか。だが莉子さんからもらった君の秘蔵ショットというのは本当だぞ」

いったいどんな写真を渡したのか、玲央奈は次に会ったら、莉子を必ず問い詰めよ

れますか？」

「はいはーい、そこの夫婦！　いちゃついてないで、ふたりの世界から帰ってきてく
　そんな茶々を入れてきた稲荷は、なぜか両腕にそれぞれ親子河童を抱えていた。玲央奈と稲荷が会話している間に話は進み、稲荷が『またなにかあったら不安だから』と、親子河童を住処の森の入り口まで送る運びになったそうだ。

　稲荷も大概人がいい。

　天野に言わせれば暇人なだけかもしれないが。

「じゃあな、キヨ。デートは途中でグダグダになっちゃったけど、チケットのお礼ならいつでも待っているからな」

「仕方ないからまた後日、俺が高い酒でも買ってやる」

「おっ！　それはいいな。ワインで頼む」

「ウソだけどな」

「ウソかよ」

　そう言いつつも、天邪鬼な天野のことだ。ワインではなく日本酒でも用意して贈るのだろう。玲央奈もチケットのお礼はしたかったので、酒のつまみを作ってパックに詰め、日本酒とセットで稲荷に渡してもらうおうと思案する。

「オネエチャン、オネエチャン」

「ん？　なにかしら」

　イワシの群れコーナーを出たところで、稲荷と親子河童とはお別れの流れになったのだが、ミニ河童が玲央奈をちょいちょいと手招きした。

　稲荷からミニ河童を手渡してもらえば、コソコソと耳元で囁かれる。

「アブナイノ、チカヅイテル。ナカマノミンナ、ケイカイ、シテル。オネエチャンモ、キヲツケテ」

「え……」

　それが忠告だと玲央奈が気付く頃には、ミニ河童は稲荷の手の中に戻っていた。

　去っていく稲荷たちを見送った後も、玲央奈の頭の中ではミニ河童の忠告がぐるぐると繰り返される。

（『危ないの』って、名無しのあやかしとか……？）

　またしても玲央奈は考え込んでいたらしい。天野が「またぼうっとしているぞ。俺の話は聞いていたか？」と問いかけてくる。

「す、すみません。聞いていませんでした」

「イルカショーにはもう間に合いそうにないが、どうするかと聞いたんだ」

「あ……」

玲央奈たちが持っていた整理券の、ショーの開演時間はとっくに過ぎていた。ショーは本日の最終公演だ。

今から行ってもきっとろくに見られない。

「残念ですけど……諦めます」

「もう行けてもお土産コーナーくらいだろうしな。そう気を落とすな。せっかくだ、潮の好きな土産を買ってやる」

「べ、別にいりません！　それより、その、それですよ」

「それ？」

すっかり河童騒動で抜けていたが、玲央奈は前々から天野に物申したいことを、今日こそ言ってみようと決心していたのだった。

言うならこのタイミングしかない。

「その『潮』って呼び方です。私は『清彦さん』って下の名前で呼ばされているのに、清彦さんはいつまで私のことを名字で呼ぶんですか？」

玲央奈は同棲を始めてから、天野の要望をちゃんと汲《く》んでいるのに、天野の方は変わりがない。

（それってなんか、ズルいわよね）

勘違いしないでほしいのは、玲央奈はけっして、下の名前で呼んでほしいとか思っているわけではない。自分でも自分に言い訳をしている感じはするが、そこは断じて違う。

ただ私ばっかり……と不満だったのだ。

「その、私が清彦さんの結婚相手として、そのうちオババさまとお会いするなら、名字呼びは不自然ですし。普段から家やふたりのときに、私の下の名前を呼ぶ練習をしておいた方が無難では……と」

「……いいのか？」

「へ」

「『玲央奈』と、呼んでもいいのか？」

「っ！」

カッと、玲央奈の頰に朱色が差す。

たった一言で、鼓膜の奥まで戦慄《わなな》いた気がした。

低く耳通りのいい天野の声で呼ばれる自分の名は、想定以上の威力だ。

しかも彼は「本当に呼んでいいんだな？」と、言外に探りを入れてきた。天野は変なところで、玲央奈に対して遠慮というか臆病さを見せる節があるようで、彼的には『玲央奈の名前を呼ぶ』という行為は、玲央奈の許しが必要らしい。

ここにまだ稲荷がいたなら、「キヨって玲央奈ちゃんの名前、今まで呼んでなかったわけ!? わけわかんないとこで一線引くよな、お前」と呆れ返ったコメントをしていたことだろう。

おずおずと「いいですよ」と玲央奈が許可を出せば、天野は「そうか」と噛み締めるように頷いた。

これは、喜んでいる、たぶん。

(ちょっと可愛いな)

大の男に向ける感情ではないが、効果音にするなら『キュン』と玲央奈の心臓が鳴った。

スッと天野は手を差し出してくる。

「お土産コーナーまで、手を繋いでもいいか、玲央奈?」

「……聞かなくても、一度繋いだじゃないですか」

わざとらしく名前で呼ばれて、自分から言い出したくせに照れた玲央奈は、赤らめた顔を俯かせる。

おずおずと手を重ねれば、しっかりと握り返された。

お土産コーナーではいらないと言ったのに、「イルカショーを見られなかった代わりだ」と、天野に無理やりイルカのぬいぐるみを押し付けられた。余程、玲央奈が落ち込んでいるように見えたのか。

知れば知るほど、やはり天野は優しいと玲央奈は思う。

（この偽りの関係がいつか終わっても……きっと今日のことは、大事な記憶として一生忘れないわ）

終わりを想ってチクリと痛む心を、イルカのぬいぐるみを抱き締めることで誤魔化して、水族館デートは幕を閉じたのだった。

五話　ご挨拶と、痴話喧嘩は煙の中で

暦は七月に入り、季節は日差しが照りつける夏。

本日は特に気温が高く、玲央奈はマンションの部屋に帰ったら真っ先に、浴槽にお湯を溜めてお風呂に入る準備をした。湯が張れたら、最新型ドラム洗濯機にオフィス用の服を放り込む。汗ばむ肌をシャワーで流し、体を丁寧に洗う。

金曜日の夜。

ゆったりくつろげる浴槽に身を沈めれば、一週間分の仕事の疲れが湯に溶け出して行くようだった。

「ふう……」

ここに住むようになって、風呂好きの玲央奈が一番に気に入ったのが、この広くてピカピカのお風呂場だ。家主にこだわりなど皆無だろうが、ばっちりジャグジーもついている。

その家主といえば今夜は帰りが遅くなるらしい。

夕食は共に取れそうにないと、玲央奈は事前に聞いていた。なんでも遠くに住む依頼人の元に赴き、合間にオババさまのところへも寄るそうだ。

（あまり無理していないといいけれど……）

天野の、普通の人だったら過労死寸前のオーバーワークは相変わらずで、稲荷もたまにサポートしているようだが、『あのバカは早死にする』と会社でひそっと玲央奈に愚痴っていた。『玲央奈ちゃん、アイツが無理しないように見張っていてね』とも。

（そう言われてもね）

体をぎゅっと縮めれば、湯面に波紋が生まれる。

玲央奈が見張ろうと、天野が無茶をすることに変わりはないだろう。彼は同族である半妖のために、純粋に尽力している点もあるだろうが、多くの依頼を積極的にこなすのにはなにか別に目的もあるようなのだ。

それは三ヶ山と、報酬として情報のやり取りをしている場面から、玲央奈は薄々察していた。

その目的がなにかまでは知らないが。

（依頼を手伝わせてもらったのも、化け猫探しだけだし……。ミニ河童の件はこっちが手伝わせたから、本当はもっと、私にできることがあればさせてほしいんだけどな）

そんなことをツラツラ考えていたら、頭がくらくらしてきた。

少しのぼせたみたいだ。

玲央奈は気を取り直して、夕食の献立を考えながら湯から上がる。今夜は和食で、赤魚の煮付けときんぴらごぼう、白ご飯を炊いて、お味噌汁は豆腐とワカメの具にするつもりだ。天野の感想はまたメモを通して聞けるだろう。

「あれ？　着信……？」

半袖のTシャツとハーフパンツに着替え、髪をわしゃわしゃと拭いていたら、脱衣かごに入れたスマホが点滅しているのが目に留まった。

タオルを頭に被せたまま、スマホを手に取る。

着信は天野からだった。

「なにか緊急？」

入浴中の間に、三回もかけてくるなんてよほどのことだろう。

玲央奈は湯上りの温かい指先で、急いで天野にかけ直す。彼はたったツーコールで出てくれた。

『玲央奈か？　悪いな、何度もかけて』

「い、いえ。あの、どうしたんですか？」

電話の向こうの天野の声は、焦燥《しょうそう》が滲んでいるように聞こえた。ちょっぴり掠れた低音がなんだか色っぽい。

『実は今、オババさまの邸宅にいるんだが……。早急に、明日の君の予定を確認したくてな。午前はなにか用事はあるか？』

「用事ですか……？」

玲央奈は脳内でスケジュール帳を開く。

「……いえ、明日は一日、特になにもありませんが」

『そうか。それなら急ですまないが、オババさまに会ってほしいんだ』

「えっ！」

『彼女が俺の結婚相手を早く見せろと、玲央奈を邸宅に連れて来いと催促してきてな。多忙なオババさまの方の予定が、明日はちょうど午前だけ空くそうで、そこで君とぜひ面会したい、と』

「オババさまと面会……!?」

それはなんとも急展開だ。

いや、いつかは来るべき展開ではあったが、心の準備などは微塵もできていない。玲央奈の頭からはきんぴらごぼうのレシピが吹っ飛んでしまった。

『オババさまは一度言い出したら聞かないんだ。俺もあの人には逆らえん。……面会してくれるか？』

「は、はい……！」

もとより玲央奈に拒否権などない。

天野の結婚相手のフリを務めることが、ふたりの契約条件だ。

玲央奈の返事に天野はホッとした様子で、『助かる。オババさまにも伝えておくな』と言って通話を切った。

お風呂上がりで火照っていた玲央奈の体は、全身をめぐる緊張で急激に冷えていく。

これは天野と契約を結んでから、間違いなく最大のミッションである。

必ず、面会は滞りなく終えなくてはいけない。

「気合いを入れていかなくちゃ……！」

とりあえず玲央奈は、手にしたままのスマホでインターネットを開き、【結婚相手の親　ご挨拶　マナー】で検索をかけたのだった。


「いいか？　オババさまは一言で表すなら、海千山千《うみせんやません》の女傑《じょけつ》だ。いくつも土地を所有していて、児童養護施設の運営以外にも手広く事業を展開している。人望も厚く多才。俺とユウの育ての親でもあるが、世渡りのイロハを俺たちに叩き込んだのはあの人だ」

「只者じゃないってことですね。しかも『守り火の会』の大元で……それなら流れ的に、オババさまも半妖なんですよね？」

「いや、オババさま自身は半妖ではない。普通の人間だ。ただ君のように生まれつきあやかしを見る力があり、その力が特別強い。さらには身内に半妖がいたことで、半妖への支援に尽力しているんだ」

「それは……すごいし、素敵な人ですね」

「オババさまは今年で御年八十七になるはずだが、とてもそうは見えないバケモノだぞ。あやかしや半妖など目ではない、天然物のバケモノだ」

運転席の天野は真顔で失礼なことを言っている。

玲央奈は聞けば聞くほど、オババさまのイメージ像が恐ろしいものになっていった。フォローするように「俺にとっては、唯一の親であり恩人であることに違いはないがな」と天野が付け足す。

車中でオババさまについての情報をおさらいしながら、車を走らせること約一時間。

高級住宅地の中を通り、辿り着いた目的地の邸宅では、玲央奈たちはまず巨大な縦格子の門に迎えられた。

天野の姿を認識して門が開けば、飛び込んでくるのは茫洋《ぼうよう》な敷地に広がる見事な日本庭園。家自体も平たく横にでかい、伝統的な『和』の建築かと思いきや、ところどころ『洋』の意匠を取り入れた和モダンな造りになっている。

住んでいる者のセンスが窺える、瀟洒《しょうしゃ》な邸宅だ。

朝方から今まで、本日はか細い雨が降り続いているのだが、その雨さえも邸宅の存在感を際立たせている。

「天野さまと、お連れの方ですね。お待ちしておりました。どうぞこちらへ」

玄関では、カッチリしたベスト姿がよく似合う、ロマンスグレーなおじさまが待ち構えていた。

オババさまの秘書だという彼に従い、玲央奈たちは客間へ案内される。

客間は洋風で、フローリングの床に毛足の長い絨毯《じゅうたん》が敷かれていた。木製のローテーブルに、レースのカバーがかかったふたり掛けソファ。そのソファの向かい側では、ロッキングチェアがギィギィと鈍い音を立てている。

「――あらあら、ようやく来てくれたのね。待ちくたびれてしまったわ」

チェアに座って本を読んでいた老婦人が、眼鏡を外してゆったりと立ち上がる。白髪のベリーショートに、品のある臙脂色《えんじいろ》のカシュクールワンピース。身に着けているネックレスや指輪は高価な物だと一目でわかる。

シャンと伸びた背筋に、覇気さえ宿す瞳は若々しく、見た目は上に見積もっても六十代後半だろう。これで本当に八十代後半だというなら、なるほどバケモノだ。

(この方が……清彦さんを育てたオババさま)

口内が乾いていくのを感じながらも、玲央奈は姿勢を正す。

一歩、天野が前に出た。

「オババさま、ご紹介します。彼女が結婚を前提にお付き合いしている、潮玲央奈さんです」

「……お初にお目にかかります。清彦さんとお付き合いをさせて頂いている、玲央奈と申します。本日はお会いできて光栄です」

玲央奈は昨日、ネットのアドバイスも参考に、一晩かけて徹底的に叩き込んだ完璧な挨拶を披露した。まさに一夜漬けだが、噛まなかっただけで及第点だ。

オババさまは「清彦に聞いていた通りの可愛らしい方ね」と微笑んでくれ、イメージしていたよりも柔らかな対応に玲央奈は密かに安堵する。

掴みはOK。ミッションの第一関門はクリアだ。

「私のことは、気軽にオババさまと呼んでちょうだい。『家族』と認めた者にはそう呼ばせているの。いずれ清彦と結婚したら、玲央奈さんも私の家族になりますからね」

「家族……は、はい」

「立ち話もなんですから、どうぞそちらのソファにおかけになって。羽賀《はが》、お茶とお菓子の用意をお願い」

羽賀と呼ばれた秘書のおじさまは、「かしこまりました」と一礼して客間から出ていく。秘書というよりは執事のようだと、玲央奈は別世界のやり取りに呆気に取られたが、天野に促されて彼と並んでソファに腰かけた。

ロッキングチェアに座り直したオババさまが、口許に薄い笑みを乗せる。

「清彦と玲央奈さんは、会社の上司と部下の関係だったかしら。玲央奈さんは私と同じであやかしが見えて、半妖にも理解があるとか。ふたりが会社の外で仲良くなったきっかけは、玲央奈さんがあやかしの厄介事に巻き込まれているところ、清彦が偶然助けてから……で、合っている？」

この問いかけには、天野が「その通りです」と率先して答えた。

ウソと真実が絶妙に織り交ざっているが、天野はオババさまには、玲央奈の呪いの話まではしていないようだ。ここは玲央奈が天野に全面的に合わせておく。

「同居も始めたんですってね。ふたりの生活は順調？」

「問題ありません。玲央奈は料理が得意なので、いつもおいしい食事にあずからせてもらっています」

「清彦さんは好き嫌いなく食べてくれて作り甲斐があります」

オババさまが質問し、それに天野が答え、玲央奈が齟齬《そご》のないように気をつけながら補足を入れる。

「会社でふたりの関係は？」

「前にも説明しましたがまだ公にはしていません。俺は上司に当たる立場ですし、公私混同はしたくないので」

「私も仕事とはしっかり分けているつもりです」

「清彦の『守り火の会』の活動についても、玲央奈さんはご存じなのよね？」

「ユウも交えて俺から説明しました。彼女は活動に肯定的で、助けられたこともあるくらいです」

「清彦さんをそちらでもサポートできたらと考えています」

「気が合うふたりなのかしら。仲がいいのね」

「はい、とても」

「喧嘩《けんか》もあまりしないです」

されて質問はあらかじめ、玲央奈も想定していたものばかりだ。天野に続くように、玲央奈はつっかえることもなく答えていく。

合間に「失礼致します」と、羽賀が三人分のティーセットを運んできた。テーブルにはアールグレイの紅茶と、高そうなアソートクッキーが並べられる。食器類も名のあるメーカー製だ。

天野が紅茶に口をつけたところで、満面の笑みだったオババさまがスッと視線を鋭くさせる。

「これはまだ清彦に尋ねていなかったわね。大切なことを聞いておくわ。清彦は、玲央奈さんのどんなところが好ましくて、結婚相手に選んだのかしら？　彼女と一生添い遂げる覚悟はあるの？」

これも想定内の質問だ。

天野だって答えくらい準備しているだろうと、玲央奈は次の自分の番に備えながら、彼の回答を待っていたのだが……。

「あの、清彦さん？」

部屋に満ちたのは沈黙だった。

心配になって、玲央奈は隣の天野を横目で窺う。天野は真剣な面持ちで長い睫毛を伏せていた。やがて、彼は覚悟を決めたように顔を上げる。

「玲央奈は……意地っ張りで、強がりで、頑固な面もあって、とても要領がいいとは言えない性格をしています。そのくせお人好しなため、損をしている面も多い。賢いのに、バカなところがあると感じます」

（なにこれ。悪口？）

好ましいところを述べろとオババさまは言ったはずなのに、飛び出た悪口のオンパレードに玲央奈は唇をひくつかせる。

こんなとこで天邪鬼を発揮しなくても……！と抗議をしかけたが、そこで天野は「ですが」と声を強めた。

「それでも前を向く強い女性です。だからこそ、放っておけない。俺が一生かけて守りたいと思っています」

はっきりと、天野はそう言い切ってみせた。

オババさまは満足のいく答えだったようで、「いつのまにか言うようになったわねえ」と親の顔で紅茶をすする。

そんなやり取りの横で、玲央奈は不意打ちを食らって、暴れる心臓を黙らせるのに

お手数ですが
切手をおはり
ください。

郵便はがき

104-0031

東京都中央区京橋1-3-1
八重洲口大栄ビル7階

スターツ出版(株)　書籍編集部
愛読者アンケート係

(フリガナ)
氏　名

住　所　〒

TEL　携帯/PHS

E-Mailアドレス

年齢　性別

職業
1. 学生(小・中・高・大学(院)・専門学校)　2. 会社員・公務員
3. 会社・団体役員　4.パート・アルバイト　5. 自営業
6. 自由業(　)　7. 主婦　8. 無職
9. その他(　)

今後、小社から新刊等の各種ご案内やアンケートのお願いをお送りしてもよろしいですか?
1. はい　2. いいえ　3. すでに届いている

※お手数ですが裏面もご記入ください。

お客様の情報を統計調査データとして使用するために利用させていただきます。
また頂いた個人情報に弊社からのお知らせをお送りさせて頂く場合があります。
個人情報保護管理責任者:スターツ出版株式会社 販売部 部長
連絡先:TEL 03-6202-0311

愛読者カード

お買い上げいただき、ありがとうございました！
今後の編集の参考にさせていただきますので、
下記の設問にお答えいただければ幸いです。よろしくお願いいたします。

本書のタイトル（　　　　　　　　　　　　　　　　　　　　　）

ご購入の理由は？　1. 内容に興味がある　2. タイトルにひかれた　3. カバー(装丁)が好き　4. 帯(表紙に巻いてある言葉)にひかれた　5. 本の巻末広告を見て　6. 小説サイト「野いちご」「Berry's Cafe」を見て　7. 知人からの口コミ　8. 雑誌・紹介記事をみて　9. 本でしか読めない番外編や追加エピソードがある　10. 著者のファンだから　11. あらすじを見て　12. その他

本書を読んだ感想は？　1. とても満足　2. 満足　3. ふつう　4. 不満

本書の作品を小説サイト「野いちご」「Berry's Cafe」で読んだことがありますか？
1.「野いちご」で読んだ　2.「Berry's Cafe」で読んだ　3. 読んだことがない　4.「野いちご」「Berry's Cafe」を知らない

上の質問で、1または2と答えた人に質問です。「野いちご」「Berry's Cafe」で読んだことのある作品を、本でもご購入された理由は？　1. また読み返したいから　2.いつでも読めるように手元においておきたいから　3. カバー(装丁)が良かったから　4. 著者のファンだから　5. その他（　　　　　　　　　　　　）

1カ月に何冊くらい小説を本で買いますか？　1. 1～2冊買う　2. 3冊以上買う　3. 不定期で時々買う　4. 昔はよく買っていたが今はめったに買わない　5. 今回はじめて買った

本を選ぶときに参考にするものは？　1. 友達からの口コミ　2. 書店で見て　3. ホームページ　4. 雑誌　5. テレビ　6. その他（　　　　　　　　　　　　）

スマホ、ケータイは持ってますか？
1. スマホを持っている　2. ガラケーを持っている　3. 持っていない

ご意見・ご感想をお聞かせください。

文庫化希望の作品があったら教えて下さい。

生活の中で、興味関心のあること、悩みごとなどあれば、教えてください。

いただいたご意見を本の帯または新聞・雑誌・インターネット等の広告に使用させていただいてもよろしいですか？　1. よい　2. 匿名ならOK　3. 不可

ご協力、ありがとうございました！

必死だった。

（お、落ち着きなさい、玲央奈……！　今のはオババさまに、私たちの関係がウソだってバレないためのウソなんだから！　清彦さんが変化球を打ってきて、それがちょっと真に迫った感じだったから動揺しただけで……！　ウソよ、ウソ！　全部ウソったらウソ！）

スカートの上で丸めた両手の中は、羞恥によって湧いた汗で湿っている。

ちなみに本日の玲央奈の格好は、スカートタイプの紺のスーツだ。これもネットで【結婚相手　親　服装】で調べたらスーツが無難だと出てきたので、急いで実家から持ってきたのである。

「さて、次は玲央奈さんに、同じ質問に答えて頂きたいところだけど……清彦の前では言い難いわよね？　ここは女同士だけで密談をしましょう。羽賀、清彦、少し席を外してくれるかしら」

「かしこまりました」

「待ってください。それは俺だけ不公平では？」

羽賀に異論はないだろうが、天野には異論ありまくりであろう。自分は公開処刑を受けたのに、玲央奈の回答は自分だけ聞けないのだ。天野の整った美貌には不満がありありと浮かんでいる。

しかしオババさまは譲らず「殿方にはわからない乙女心を考慮しなさいな」と屁理屈を通す。

早々に折れて、天野はしぶしぶと立ち上がった。

「私の書斎に、新しく『守り火の会』に依頼してきた相手の資料があるの。それでも見て時間を潰せばいいわ。ちょうど今朝、私宛にメールが届いたのだけど、相手は清彦に頼みたいとわざわざご指名よ。火急とのことで、なかなか面白い依頼内容だったわ。資料を見て受けるかどうか決めなさい」

赤く塗られた爪をひらひらと振って、オババさまは天野と羽賀を雑に追い出した。

残された玲央奈は、オババさまと一対一で向かい合うことになる。明らかに表情を硬くした玲央奈に、オババさまは「そう硬くならないで」とコロコロ笑う。

「清彦はあの通り、天邪鬼で難しい気質をしているから、一緒にいてもお相手は大変でしょう？」

「い、いえ、けっしてそんなことは……」

「無理なさらなくていいのよ」

オババさまは朗らかな態度で紅茶を飲み干す。

しかし、カチャリとカップをソーサーに置いたところで、ふと瞳に陰りが宿った。

「家族になる玲央奈さんには話しておくけど、清彦が半妖の力に目覚めたのはまだ小学生の頃でね。そのときから妖力が飛び抜けて強くて、あの子はそれ故の弊害で、実のご両親に疎まれて私の施設に来たの」

「え……」

「初対面のあの子は、子供にあるまじき、誰も信じていない猜疑心《さいぎしん》の塊のような目をしていたわ」

オババさまはロッキングチェアの背もたれに体重をかけ、懐かしむように白い天井を仰いだ。チェアがギシリと軋む音が鳴る。

初めて明かされる天野の昔話に、玲央奈は真摯に耳を傾ける。

「妖力が強い分、コントロールが上手くできなかったのよね。清彦は妖力を使うと目が赤くなるから、それも不気味がられて……清彦の両親もあやかしなんて見えない人たちで、なおさら理解なんて得られなくて。なにより妖力を使いすぎると、あの姿になる厄介な体質でしょう？」

「あの姿って……」

確か稲荷も水族館で、天野が過去に妖力を使いすぎて『例の姿』になったとかなんとかこぼしていた。

訝し気な顔をする玲央奈に、オババさまは「あらまあ」と大袈裟に驚いてみせる。

「あの子ったら、玲央奈さんに自分の体質のことを伝えていないなんて。『守り火の会』の活動までは話したくせに、肝心なところは隠しているのね。呆れたわ、こんな面倒な秘密主義に育てた覚えはなくてよ」

「清彦さんが秘密主義なのは否定しませんね……」

「ごめんなさいね、玲央奈さん。私が育て方を間違えたみたい。だけど私の口から暴露するのは、あの子のプライドに関わるでしょうし、またの機会にご自分から聞いてごらんなさい」

天野のプライドに関わること……というだけで玲央奈はめちゃめちゃ気になったが、ここはオババさまの手前大人しく退いておく。

直接聞いて天野がウソ抜きで答えてくれるかは、あまり自信がないけれど。

「子育てとは難しいものね。清彦は半妖の子供専門の施設を作ったばかりの頃に来たから、まだ職員の数も足りていなくて……私が主体となって、清彦と、すぐ後に来た游、他に数名の半妖の子供たちの面倒を見たのよ。大切な家族として可愛いがったつもりだったわ。だけど私のことなんて、清彦は親とも家族とも思っていないかもしれないわね。感謝の言葉とか言われたこともないもの」

「そっ、それは違います！」

憂い顔で悲観的な発言をするオババさまに、玲央奈は膝立ちになって反論する。

「清彦さんはオババさまのことを、ちゃんと大事な家族だと想っているはずです。彼は天邪鬼だから、オババさまの前では素直に言えないだけで……私にはオババさまのこと、唯一の親であり恩人だって語っていました」

「それもウソかもしれないわよ？」

「そんなことでウソをつく人じゃありません！　性格は確かにウソつきでひねくれていますが、私のことを気遣ってくれたり、たまに可愛い一面もあったりして、とっても優しい人なんです！」

玲央奈は「だから、オババさまについて語ったことは彼の本心です！」と訴えたかったのだが、その前にオババさまは「へえ、そうなの」とにっこり笑った。

まるで憂いなんてなかったかのような、晴々とした笑みだ。

「それが、玲央奈さんの『清彦の好きなところ』なのね。そんな清彦と添い遂げる覚悟はどうかしら？」

続けてそう尋ねられて、そこで玲央奈はようやく、これはオババさまが天野にした『大切な質問』の続きだと気付いた。

玲央奈の本音を引き出しやすいように、あの憂いを纏った様子は演技だったようだ。

（やっぱりこの人、清彦さんの育ての親だわ……！）

意地の悪さが同じでまさしく親子である。

だけど今更、取り繕った答えは返せなかった。

「……そこまでの覚悟は、私にはあるかわからないです。ただ今は、いつも平然と無理をする清彦さんを、ちょっとでも私が支えられたら、とは思っています。なかなか支えさせてもくれませんが……それでも、傍でなにかできたらって」

ウソの結婚相手を立派に務めるなら、それこそウソでも「覚悟はあります」と答えるべきだったのだろう。

だけど玲央奈は、現状で天野に抱いている考えをありのまま回答した。自分でもまだ、彼に対しては不明瞭な感情がわだかまっているが、そこを抜きにしても『支えたい』というのが今の本音だ。

オババさまは「百点満点だわ、玲央奈さん」と満足気に唇を持ち上げる。

「それにしても、あなたのその意思の強さが出ている大きな猫目……やっぱり『彼』に似ているのよね。もっとよく見たいわ。傍に来てくださる？」

「え？　はい」

オババさまが指している相手とは、天野が話していた、玲央奈と目許や雰囲気、お人好しなところが似ているという『守り火の会』にいたメンバーのことだろう。

請われるままに、玲央奈はロッキングチェアの傍らに膝をついた。

香水だろうか、オババさまからはほのかに薔薇の香りがする。皺が刻まれた温かい両手が、玲央奈の頬を柔らかく包み込んだ。

「……間違いないわね。清彦に写真を見せてもらったとき、もしやと思ったけど。あなたのご両親のお名前は？」

「両親……母は、潮玲香です」

「お父さまは？」

「潮、竜也《たつや》」

実の父とはいえ、それは玲央奈にとって言い慣れない名前だった。

玲央奈と一度も出会うことなく、亡くなってしまった父の竜也。写真を撮られるのが苦手だったという彼は、アルバムにその姿を一枚も残しておらず、玲央奈は顔すら知らなかった。

オババさまはパッと手を放す。

「似ているはずよね。竜也さんがあなたのお父さまだったなんて。『守り火の会』の会合でも、生まれてくる子供が楽しみだと常々話していたけれど……」

「ど、どういうことですか？　まさか父は……!?」

「ええ、あなたのお父さまも半妖よ」

いとも簡単に晒された真相に、玲央奈は猫目を限界まで見開いた。

父が半妖？

「あの……？」

そんな話は玲香から聞いていない。

いや、半妖についてなら彼女もチラッと説明していたが、そのときの玲央奈が関心を示さなかったため、あえて父の情報は伏せておいたのかもしれない。

(何故かあやかしに詳しい人だったことは知っていたけど……自分が半妖なら納得だけど……まさかそんなことって……でも!)

「む、娘の私は、あやかしが見えるだけで普通の人間ですよ?」

その見る力も、本来ならもっと弱く、玲央奈があやかしと密接に関わるようになったのは呪いが原因だ。

少なくとも、玲央奈に半妖の要素は欠片もない。

「半妖の血は直系に遺伝するものではありませんからね。清彦から聞いていないかしら? 先祖返りがほとんどだと」

「あ、そういえば……」

「私も双子の姉が半妖ですけど、私は違うもの」

あやかしを見る力くらいは、一族全体に伝わりやすいそうだが、それも必ずというわけではないという。現にオババさまのご両親は、双子たちとは違ってあやかしなど一切見えなかったそうだ。

「姉は清彦と同じ境遇で、強い半妖の力のせいで周囲から孤立してしまい、随分と辛い目に遭ってきましてね。私はそんな姉を傍で見てきたから、なにか半妖たちの力になりたいと考え、『守り火の会』を作ったの」

「双子のお姉さまのために……そうしてできた会に父も……」

「あなたのお父さまは、会のメンバーによくお嫁さんの惚気話をしていた愛妻家でしたよ。子供の名前に悩んでいた姿もよく覚えているわ。あなたの可愛らしい猫目は、竜也さんに瓜二つよ」

スルッと、オババさまの指先が玲央奈の目許を撫でる。

……そうなのだ。玲香は近所で評判の美人だったが、芯の強さに反して、見た目はタレ目のほんわか系で、玲央奈は母とあまり似ていなかった。

どうやら玲央奈は、母親似ではなく父親似だったらしい。

「竜也さんは『竜宮童子《りゅうぐうどうじ》』の半妖だったかしら。人の願いを叶えるあやかしだけれど、彼の妖力はあまり強くなくてね。お嫁さんがあやかしを見る力のある人だから、少しでも悪いあやかしを寄せ付けないようにと、己の妖力はすべて物に込めてお嫁さんに渡したと話していたわ。彼自身の『お嫁さんを守りたい』という『願い』を込めてね」

玲央奈はすぐ、その願いを込めた物とは、玲香から譲り受けたお守りのことだとわかった。玲香が死んで効力が弱まっていったのは、やはりあのお守りは玲香用に作られたものだからなのだろう。

しかしながら、あのお守りが長い間、玲央奈を守ってきたことも事実。

現に効力がほぼ切れた今でも、玲央奈は手放さず癖のように持ち歩いており、実は今もバッグに入れてある。

これまではお守りを通して、玲香だけが玲央奈を助けてくれているという認識だったが……。

（お母さんだけでなく、お父さんにも助けてもらっていたんだって、今になって実感するなんて……）

玲香と竜也、ふたりの親のことを想い、玲央奈の胸はいっぱいになる。

「竜也さんは困っている相手を見捨てられない、お人好しで純粋な人で……訃報《ふほう》を聞いたときは本当に残念だったわ。清彦にも会わせたかったのに、一度も会わせられなかった。だけど今こうして、竜也さんの娘であるあなたと清彦が巡りあって、お付き合いをしているなんて不思議なご縁。玲央奈さんと清彦は、深い縁で繋がっているのかもしれないわね」

「縁、ですか」

「もっとロマンチックに言うなら、『運命のお相手』といったところかしら」

なんとも恥ずかしい言い回しも、オババさまが口にすると謎の説得力がある。

「竜也さんの娘なら、ますます玲央奈さんにこそ、清彦のことをお願いしたいわ。どうかあの子をよろしくね」

コクンと、玲央奈は考えるより先に頷いていた。

オババさまは少女のような笑い声を立てたあと、軽く手を叩いて立ち上がる。

「これで、女同士の密談はおしまい。付き合ってくださってありがとう。とても有意義な時間だったわ。お家を案内するついでに、清彦たちを一緒に呼びに行きましょうか？」

「……はい」

オババさまとの一騎打ち（？）は乗り切ったみたいだと、玲央奈は密かに胸を撫で下ろす。それどころか、父のこともあっていたく気に入られたようで、「玲央奈さんには特別に、私の大切な本を集めた書庫もお見せするわね。あやかしや半妖に関する貴重な文献もあるの」と申し出てくれた。

初対面時も彼女は本を読んでいたし、本好きのようだ。玲央奈も読書家なので書庫を見るのは楽しみだった。

「――ん？　話は終わったのか？」

「あっ、清彦さん」

だが客間を出ようとしたところで、ちょうど戻ってきた天野と鉢合わせする。羽賀は別の仕事でもしているのか隣にはいなかった。

「いいタイミングね、清彦。こちらのお話は終わったわ。玲央奈さんはあなたにはもったいないくらいの素敵なお嬢さんだったわよ。大切にしなさいね」

「……心得ています」

「そちらの方はどうなの？　依頼は確かめられたかしら」

オババさまの問いに、天野は「そのことですが」と手元の紙束を持ち上げた。Ａ４の用紙が数枚クリップで留められている。

玲央奈の位置からは、用紙に書かれた電話番号らしき数字が見えた。

「依頼の内容はともかく、この依頼主の男の職業は気になったので、まずは記載されている番号に電話をかけてみました。そうしたら『今すぐにでも来てほしい』と泣きつかれまして……指定された場所もこの家の近くですし、これから行ってみようかと思います」

「これからですか⁉」

思わず玲央奈は驚愕の声をあげる。相変わらず天野の行動力はすさまじい。

「ああ、行ってくる。君はこの家で待っていてくれ。オババさまは午後から出掛けるそうだが、家にはいさせてもらえるだろう。依頼は遅くとも夜までには切り上げるし、終わり次第迎えに来る」

天野は玲央奈に待機命令を下し、オババさまに「それで大丈夫ですね？」と確認してサクサクとプランを進めていった。

物言いたげな玲央奈に、オババさまは瞳を細める。

「私はそれでも構わないけれど、玲央奈さんは清彦について行きたいんじゃないかしら？　依頼内容も危険なものではないし、ご一緒すればいいと思うわよ。ねえ、玲央奈さん」

「えっ？　それは、あの」

オババさまは先ほどの、玲央奈の『清彦を支えたいけど、なかなか支えさせてもらえない』という発言を受けて、わざわざ意見してくれたのだろう。

天野の方は玲央奈を置いていく気満々だった故に、「そうなのか？」と秀麗な眉を微かに下げて戸惑っている。それに玲央奈はちょっとムッとした。

（化け猫探しのときだって、夫婦は助け合うものだって依頼達成後に話していたのに）

あんなのは軽口の延長線上だとわかっているが、玲央奈は意地でもついていく気になった。

「私もご一緒させてください、清彦さん」

「……すぐにでも出発するが、いいのか」

「もちろんです」

「……わかった」

玲央奈の頑なな態度に押されて了承した天野を見て、オババさまは「清彦は尻に敷かれそうねえ」と楽しそうだ。

「でも、あなたったら最近、たくさんの依頼をこなしているそうね。前から他の会の子たちより請け負う率は高かったけど、ここ三ヶ月はダントツ。なにか目的があるとか?」

「……誰かに聞いたんですか」

「游に電話で探りを入れたの」

「あのお喋り狐め」

「目的がなにかまでは教えてくれなかったわよ。あの子もどこの育ての親の影響か、食えない子になったわよね。……まあ、なんとなく、ほんのちょっと考えればわかりそうだけど」

天野が目的のために多くの依頼をこなしていることは、玲央奈の予想通り。そしてその肝心の目的については、オババさまも把握しておらず、天野本人以外だと知る者は親友の稲荷のみらしい。

(ここ三ヶ月……三ヶ月前というと、私と同棲を始めたくらい……?)

玲央奈はなにかに気付きかけるが、オババさまの「はあ」というやけに盛大なため息に思考を中断される。

「……依頼を振った直後になんだけれど、無理をし過ぎてはダメよ？　あなたは己の半妖の力を過信しているところがあるから。老い先短い婆より先に倒れないでちょうだいね」

「肝に銘じておきます」

次いでオババさまは、玲央奈の手をさりげなく取った。

白い髪が照明の光を受けて色を帯びる。薔薇の香りがほんのり鼻孔を擽《くすぐ》った。

「清彦を頼んだわ、玲央奈さん。書庫には次の機会にご案内するわね。また遊びに来てちょうだい」

「……ぜひ」

慈しみあふれたオババさまに、玲央奈はなんだか離れがたい気持ちを抱きながらも、清彦と共に依頼元へ赴くことになったのだった。

依頼主である煙川《けむかわ》という名の男性が指定した場所は、オババさまの邸宅からほどほどに近く、車だと十五分もかからなかった。

高級住宅街を一歩離れれば、ここまで様相が変わるのかという繁華街。雨は上がったが曇り空に覆われたままの街に、乱立するのは派手な看板と、名前からして怪しいお店。昼のため人通りは疎《まば》らだが、夜になれば治安はたちまち悪くなるだろう。格式高いオババさまの家とは雰囲気が正反対で、玲央奈はその差に面食らってしまう。

「ここだな、煙川さんがいるのは」

コインパーキングに車を停めて、清彦と玲央奈が入ったのは小さな雑居ビルだ。三、四階がネットカフェになっていて、受付ではやる気のなさそうな店員がカウンターに肘をついていた。

店員とのやり取りを経て、玲央奈たちは上の階へ向かう。

狭い通路に並ぶ漫画棚。ひっそり置かれたドリンクバーの機械。

部屋は個室制のようだが、天井まで高さのない薄い仕切りで区切られているだけで、プライベート空間としてはいまひとつだ。

その一室を、天野は迷いなくノックした。

「……どちらさんだ？」

「電話でお話しした、『守り火の会』の天野です。依頼の件で参りました」

「入れ」

鍵のついてないドアが簡単に開く。

個室の中はマットが敷かれ、低いデスクに乗ったパソコンがドンッと存在を主張していた。

マットに胡坐《あぐら》をかいて座っていた煙川は、二十代後半で天野と同い年くらいか。痩せ型で、ペイズリー柄の青い半袖シャツからは、浮き出た鎖骨が覗いている。シャツの胸ポケットにはタバコの箱が突っ込まれており、喫煙者のようだ。

ボサボサのプリンヘアーに、無精ヒゲの生えた人相の悪い顔つき。なぜか頬っぺたに張られた大きめの絆創膏。

パッと見はそこいらのチンピラである。

ニヤリと、煙川は絆創膏を歪めて口角を上げる。

「いやあ、待っていたぜ、天野のダンナ！　『守り火の会』なんぞ頼るのは初めてだが、あんたのことは聞いている。噂通りのにくい男前だ。しかもなんだ、後ろの嬢ちゃん？　えらい美人を連れてきたな」

三人いてただでさえ窮屈な個室内で、煙川はぐいぐいと玲央奈に迫る。タバコの匂いがだいぶひどい。オババさまの上品な薔薇の香りに包まれていた後で、この匂いは非喫煙者の玲央奈にはキツかった。

天野がすかさず、玲央奈をガードするように間に入ってくれる。

「彼女は俺の助手のようなものです。それでさっそくですが、依頼内容を確認させてください」

「おう、それなんだがよ。メールに書いて送ったように、依頼は『喧嘩中の恋人との仲を仲裁してほしい』だ」

マットの隅に放置されていたスマホを操作し、煙川が画面を晒す。そこには煙川と、金髪ロングのギャルっぽい女性がラブラブなツーショットで写っていた。

「コイツが恋人の友里恵《ゆりえ》だ。付き合ってもう二年になるかな。俺が友里恵の部屋に上がり込む形で、ずっと一緒に住んでいるんだ。まあ……俺は見た目の通りロクな男じゃなくてよ。趣味はパチンコと競馬だし、少し前までは無職で、言っちまえばヒモだったんだわ」

「は、はあ」

「だけど、そんな俺を見捨てずにいてくれた友里恵には、本気で惚れていてよ」

照れくさそうに、煙川は頬を掻く。

「一端のマシな男になったらプロポーズしようって決めて、最近試しに、半妖の能力を活かして個人事業を始めてな。その事業がわりと好調なんだが……」

「探偵業のことですね」

鞄から取り出した資料に目を通しながら、天野が口にした職業名は、玲央奈には馴染みが薄かった。

（探偵って、ドラマとかで事件を解決する、あの……？　それを半妖の能力を活かしてって……？）

煙川に関する資料は、玲央奈も車で読もうとしたのだが、移動時間があまりなくてほとんどチェックできていなかった。そのため玲央奈は、彼がなんのあやかしの半妖なのかも知らない。

「探偵と御大層に言っても、カッコいい仕事はしてねぇけどな。事務所なんて立派なもんも構えてねぇし、『守り火の会』のやり方と同じで、ネットで仕事を募集してんだ。その仕事っていうのも八割が浮気調査。有り難いことに、そういう調べ事にこそ、『煙々羅《えんえんら》』の半妖である俺の能力が活きるんだわ」

「えんえんら、ですか……？」

玲央奈には聞いたことのないあやかしだった。天邪鬼や妖狐に比べればマイナーなのかもしれない。

「煙のあやかしだよ。見た方が早いな。ほれ」

突然、目の前にいた煙川の姿が消えて、玲央奈は「えっ⁉」と声がひっくり返る。彼のいたところには白い煙がもうもうと立ち込めていた。煙たくて、玲央奈は火災報知器が鳴らないか心配になる。

「ゴホッ、け、煙川さん⁉　どこですか⁉」

「はいよ。驚かせてすまんなあ、嬢ちゃん」

白い煙が人の形に収束し、再び煙川の姿が現れる。稲荷の変化を見たときと同じ、まるでイリュージョンだ。

「俺は触れている物や身に付けている物ごと、体を一時的に煙に変えられるんだよ。持って三十秒が限界だがな。この能力が存外、隠れて相手を探ったり、尾行したりするのに使えるんだよなあ」

「確かに……探偵向きの力ですね」

「情報収集にも便利なんだぜ？　探偵業を通してのネットワークも広がって、今じゃすっかり情報通よ」

ちゃらんぽらんに見せかけて、煙川は恋人にはわりと誠実で、己の力をちゃんと正しく活かせる技量もあるらしい。

やればできるタイプ、というやつだろうか。やるまでに時間がかかるだけで。

「この依頼をちゃんと達成できたら、報酬として俺の力を貸せばいいんだろう？　天野のダンナ」

「……そうですね。それで、肝心の友里恵さんとの喧嘩の理由はなんでしょう？」

「おお、そうだった！　脱線しちまったな」

すでに天野は煙川に連絡を取った段階で、なんらかの取引を済ませていたようだ。

これも、例の目的に関わることなのだろうか。

ポンッと手を打った煙川は、次いでガシガシとプリンヘアーを掻き混ぜた。

「それがなあ、理由がわかんねえから困ってんだよ」

「わからない？」

「喧嘩っていうより、友里恵が一方的に怒ってんだ。探偵業を始めたあたりから、ちょいちょい機嫌が悪くなることはあったんだが……別に俺の仕事を否定しているわけでもないし、むしろ働くことは大歓迎って感じなんだけどよ。この前いきなりキレて、『私の怒っている理由がわかるまで家に入れないから！』ってアパートを追い出されてな……」

だから煙川はネットカフェにいるのかと、玲央奈は合点がいく。追い出されてからここで寝泊まりしていて、もう五日目になるとか。

ネットがあれば探偵の仕事はできるとはいえ、煙川も限界が近そうだ。

「マジで前後の脈絡もなしに爆発したんだよ、アイツ。謝ろうにも思い当たる節もねえし、俺にはお手上げで……もう頼りになるのは天野のダンナだけだ！　天邪鬼の半妖のあんたなら、友里恵と話せばアイツの心がわかるだろ⁉」

自分で情報通を名乗るだけあって、煙川は天野の能力を知っていた。その上でわざわざ天野を指名して依頼してきたらしい。

天野は「ふう」とため息をつく。

「俺の心読みの能力は、読めない相手もいるし、読めても本当にぼんやりわかる程度ですよ」

「それでいい！　ヒントがわかればそっから俺が考えるから！　友里恵は仕事が休みで家にいるはずだし、これから会って話をしてみてくれ！　頼む、俺はアイツと別れたくねえんだよ！」

煙川は土下座せんばかりの勢いで天野にすがりつく。なりふりなど構っていられないのだろう。プライドを捨てた必死さだ。

チラリと、玲央奈は天野と目配せをする。

「……どうするんですか？　清彦さん」

「依頼人からの要望だからな。その友里恵さんという女性と話してみるさ。見知らぬ女性と話すなんて緊張するがな」

色男がなにをほざいているんだと、玲央奈は冷えた声で「ウソですね、旦那さま」とお決まりの返しをしておいた。

煙川はまだ行動を起こす前だというのに、天野を救いの神のように拝んでいる。

——玲央奈にとっては二回目の、天野の依頼のお手伝い。

それはどうやら、まさかの痴話喧嘩の仲裁というものだった。

友里恵のアパートまでは、ネットカフェから徒歩十分。

移動の間、玲央奈は少し前を歩く煙川から、より詳しく友里恵とのエピソードを聞かされた。

オシャレ好きで見た目が派手な友里恵は、煙川の一歳年下でアパレルショップで働いている。ふたりの出会いは居酒屋。友里恵は付き合っていた彼氏にフラれ、煙川は競馬でスッてお互い飲んだくれていたところ、意気投合したことが始まりらしい。

「友里恵はなあ、ちょっとおバカだけどそこが可愛いんだよ。俺が煙々羅の能力を披露してやると、気味悪がる素振りもまったく見せず、手を叩いて『すごいすごい』ってはしゃいでな」

「ああ、そっか。友里恵さんは普通の人間なんですね。半妖のことも、煙川さんは別に隠しているわけではなくて……」

「友里恵はあやかしとはなーんも関係ないぜ？　長年一緒に住んでいるなら隠す方が面倒くせえだろう。俺からすれば、天野のダンナの助手で来たってのに、嬢ちゃんの方が半妖じゃないことに驚きだがな」

「すみません……私はあやかしが見えるだけなんです」

「別嬪さんだけど笑わねえから愛想がねえし、冷たい印象だから、てっきり『雪女《ゆきおんな》』の半妖かと思ったぜ」

後ろを振り向きながら、煙川がケラケラと茶化してくる。なんとも失礼極まりないが、あんまりイラッと来ないのは、彼が憎めないタイプだからなのか。

むしろ言われた当の玲央奈より、隣の天野が「今のは彼女への侮辱《ぶじょく》に値しますよ」と笑顔のまま殺気を放っている。煙川は頬を引き攣《つ》らせて「お、おお、わりぃわりぃ」と謝罪した。

しかし、引き攣ったせいで痛んだのか、煙川はバッと頬の絆創膏を押さえる。

「いってぇ！　クソ、治りが遅いな」

「その怪我はどうされたんですか……？」

玲央奈は一目見たときからずっと尋ねたかったのだ。顔の面積の大半を奪う絆創膏は、あまりに目立つ。

「あー……これはな、ナイフで切られたんだよ」

「ナイフ……!?　それって大丈夫なんですか!?」

「掠っただけだから騒ぐほどの怪我でもねえぜ？　仕事中にちょっとな。浮気調査の結果、相手がクロだったことをクライアントの女に伝えたら、『浮気男を今すぐ殺して私も死ぬ！』とかわめいて、バッグから果物ナイフを取り出してよ。宥めようとした拍子にスパッとなー」

煙川は事も無げに「こういうのは探偵業を始めてからたまにあるんだよ」と言って

のける。以前に似たことがあったときは、瞬間的に煙になって回避に成功したが、そのために逆に今回は油断して失敗した……と。

本人は軽く笑い話にしていて、己の怪我には無頓着なようだ。そんな煙川に、玲央奈はモヤッとした気持ちを抱く。

（なんだろう……前にもこんな気持ちになったわよね……）

水溜まりを踏みながらも、思考に耽《ふけ》る玲央奈の耳に、天野の「着いたぞ」という低音ボイスが滑り込む。いつの間にか友里恵の住居に到着していたようだ。

木造二階建てのボロアパートは年季が入っており、屋根は色が剥げ落ちて、階段の手すりは錆びついていた。

玲央奈たちは軋む音を立ててその階段を上る。

友里恵の部屋は上の二〇三号室だ。

「いいか？　俺はこの階段のあたりで隠れてっから、天野のダンナと嬢ちゃんで特攻を仕掛けてくれ」

「特攻って……」

「頼んだぜ」

ここにきて丸投げしてくる煙川に、玲央奈は呆れるが、天野はさっさと二〇三号室のチャイムを押す。するとすぐに「はーい」とよく通る女性の高い声がした。

「ええっと、どなたです？」

訪問者を確認もせずドアを開けて、ひょっこり出てきた友里恵は、スッピンだからか写真で見たときよりも幼い印象だった。

金髪に染めたストレートのロングヘアー。英字の入ったタンクトップに、ショートパンツという夏らしい格好をしている。天野を見て「うわっ、めっちゃイケメン」と小声でこぼしていた。

「突然すみません。俺たちは煙川の友人でして」

「友人……？　けむちゃんの？」

煙川は名字をもじられて『けむちゃん』と呼ばれているらしい。

「俺は彼の学生時代の同級生で、後ろの子は後輩です。先日、たまたま彼と街で遭遇したのですが、恋人と仲違いをして困っている……と相談されまして。自分から接触はしにくいみたいだったので、俺たちが彼女さんの様子だけでも見て来ようかと、お節介を働いてここに来た次第です」

天野はシレッと適当なウソをつく。

同級生設定にしたのは、相手の警戒心を解くためだろう。玲央奈からすれば胡散臭いの一言に尽きるが、天野はいかにも『煙川のことを心配しているいい友人』を上手く装っている。

もとから単純な性格っぽい友里恵はあっさりと信じて、「わあ、わざわざごめんなさい！」と頭を下げた。

「けむちゃんにこんなイケメンな友達がいたなんてびっくりです。逆に聞きたいんですけど……けむちゃんはなんて言っていました？」

「あなたと仲直りしたいけど、怒っている理由に心当たりがなくて謝ろうにも謝れない、と」

「けむちゃん、まだわかってないんだ……」

友里恵の表情に切な気な色が混じる。その刹那、天野の瞳がうっすらだが赤く光ったのを、玲央奈は見逃さなかった。

「……お友達さんはけむちゃんの味方だろうし、いい加減に私が折れて、許してあげるべきだって思っていますよね。でも私はやっぱり、けむちゃんが私の怒っている理由がわかるまでは、許す気ないです。もっとしっかり考えろバーカって、伝えてくれますか？」

「わかりました、お伝えします」

友里恵との会話はほんの数分足らずで、玲央奈はついぞ一言も喋らなかった。

バタンと友里恵の部屋のドアが閉まった後、玲央奈たちは煙川の元にいき、階段下でこそこそと寄り集まる。

「それで、どうなんだ!? アイツが怒っている理由、なんかわかりそうか？」

「ぼんやり心を読んだ範囲では……怪我がどうとか、どうしてなにも私に言ってくれないのとか、友里恵さんは嘆いていましたね」

「怪我って、この類のか？」

煙川は絆創膏を一撫でして眉間に皺を寄せる。

「こんなの最近じゃよくあることだし、それが怒っている理由ってどういうことだ？　なにも言わないってのも、怪我のことだよな。確かに怪我した経緯とかはなにも喋ってねえが、別に説明するほどのことでもねえし……」

「煙川さん……そういうところですよ！」

ここまでヒントを得ても、友里恵の怒りの理由にピンときていない鈍い煙川に、玲央奈の方が我慢ならなかった。

玲央奈にはすでに理由はわかっている。ついでに友里恵がどんな想いでいたかも、自分の抱いたモヤッとした気持ちがなんなのかも。

「友里恵さんは、煙川さんが心配なんです！　無茶してほしくないんですよ！　だけど煙川さんの方は、怪我をしても平然としていて、なんにも話してくれないから、友里恵さんはひとりで心配してぐるぐる悩むしかないんです。そんなの寂しいし、本人がその調子じゃ怒るに決まっているじゃないですか！」

煙川たちのことを訴えながらも、玲央奈が思い浮かべているのは、横で心なしか意表を突かれた顔をしている天野のことだ。

彼も、半妖関係で夜遅くまで奔走していたことをずっと黙っていたし、化け猫に引っ掻き傷を作られたときも自分からはなにも告げなかった。

またオババさまもこぼしていたように、天野もそうだが煙川も、半妖の力をだいぶ過信している。他者より身体機能が優れているから大丈夫だとか、いざとなったら煙になれば大丈夫だとか。

それで無茶ばかりされたら、傍にいる人が不安になるのは当たり前である。

大切な相手ならなおさらだ。

「煙川さんが大切だからこそ、友里恵さんは怒っているんです！　全部煙川さんを想ってのことなんですよ！　プロポーズして夫婦になりたいなら、友里恵さんの不安をもっと取り除いてあげてください！」

「そう、なのか。友里恵は俺のために怒っていてくれたのか……」

「その通りです」

玲央奈が力強く肯定した途端、煙川はバッと天野の方を振り向き、なぜか胸ポケットのタバコの箱を勢いよく抜き取った。

「天野のダンナ、あんたタバコは吸うか!?」

「いえ、俺は吸いませんが……」

「じゃあ、すまねえがこのタバコ、どっかに捨てといてくれ！　友里恵へのプロポーズが成功したら、禁煙するつもりだったけど……今から成功させてくるから！」

そう言って強引に天野にタバコを押し付けると、煙川は二段飛ばしでマンションの階段を駆け上がっていった。

向かう先は友里恵の部屋だろう。

どうやら友里恵の内心を知って、彼女への想いが暴走気味にあふれて、居ても立ってても居られなくなったらしい。

玲央奈はポカンと、はためく柄シャツを見送る。

「煙川さんって本当……印象に反して情熱的というか、一途な人ですよね……」

「それだけ彼女に本気なんだろう。それにしてもまさか、痴話喧嘩の仲裁をするはずが、プロポーズの後押しまでするとはな。さすが俺のお嫁さんだ」

「後押しになったのは成り行きです」

これは玲央奈だって予想外の展開だ。

程なくして頭上からは、友里恵の歓喜に満ちた叫びが降ってきた。「本当にけむちゃんのお嫁さんにしてくれるの!?　本当の本当に!?」なんて騒いでいる。よく通る声なので近隣一帯にも広がっていそうだ。

プロポーズの結果は言わずもがな、らしい。

（お幸せに）

玲央奈は心の中で祝福を送っておいた。

「……さて、俺たちはもう行くか」

「えっ、煙川さんを置いていっていいんですか？」

「仲直りしたカップル……もうじき夫婦になるな。彼等の邪魔をしては悪い。煙川さんにはメールを入れておくし、後で電話もするさ。報酬の話もあるしな。俺たちはひと足先に、依頼達成ということで帰らせてもらうとしよう」

天野は手早くスマホを操作し終えると、青みがかった黒髪を揺らしてゆったりと歩き出す。コインパーキングに車を取りに向かうのだろう。玲央奈もその後を追って隣に並んだ。

空は雲がどんどん晴れて、眩《まばゆ》い太陽が顔を見せ始めている。

注ぐ陽光は、雑多な雨上がりの街を照らしていた。

「そうだ、玲央奈。さっきスマホを見たときに、さっそくオババさまから次のお誘いのメールが来ていたぞ。【来月にまた予定が空くから、玲央奈さんを連れて来なさい。今度はもっとゆっくりお話がしたいわ】だそうだ。これは相当、オババさまに気に入られたな」

「それは……光栄です。私もオババさまとはもっと仲良くなりたいので」

オババさまのぬくもりのある皺深い手を、玲央奈は思い出す。あのぬくもりは玲香と重なるものがあった。

『家族』と称してくれたのも、玲央奈はとても嬉しかった。

「羽賀さんも君のことは褒めていたな。『礼儀正しくて、芯が強そうなお嬢さんですね』……と」

「秘書の方ですよね。あの方も老紳士って感じで素敵でした」

「……なんだ、君は羽賀さんのような人が好みか？」

「なんでちょっと拗ねているんですか」

ムスッとした表情になった天野に、玲央奈は怪訝な目を向ける。

だいたい羽賀が好みなら、玲央奈は俗に言う『枯れ専』になる。それはどちらかというと傾向的には莉子だ。彼女は夫との年齢差を考えてもおじさま好きである。

「羽賀さんはオババさまの秘書を長年務めているからな、俺も子供の頃は世話になった」

「彼は半妖……ではないですよね、おそらく」

「いいや、半妖だぞ。烏天狗《からすてんぐ》かぬりかべのどっちかだったかな」

「ウソですね、旦那さま。その二択は適当過ぎます」

「バレたか。羽賀さんは普通の人間だ。ただオババさまと同じで天然物のバケモノだからな。あれでオババさまよりふたつ年上だぞ」

「ウソ！」

「これは本当」

またしても推定の二十歳上だった。

あの家の住人は見た目と実年齢が釣り合っていないと、玲央奈は恐々とする。

「なにか特別な美容法でもあるんでしょうか……って、な、なにっ？」

そこを曲がればパーキングというところで、不意に、玲央奈の首裏がズクリと疼いた。

首の裏――正確には、『呪』の文字が刻まれた痣の辺りが。

急に立ち止まった玲央奈に、天野が振り返って「どうかしたか？」と尋ねる。

「あ、ああ、いえ」

疼きは一瞬のことで、もう違和感もなにもない。ただの気のせいだったのだろう。

……そう、思うのに。

『アブナイノ、チカヅイテル。オネエチャンモ、キヲツケテ』

どうしてか頭を過ぎったのは、水族館でミニ河童が囁いたことだ。

「玲央奈……？」

天野が心配そうな目を向けてくる。不穏な予感を振り払いたくて、玲央奈はパッと痣を押さえていた手を離した。

「すみません、なんでもないです。また急に天気が悪くなるかもしれませんし、晴れているうちに早く帰りましょう。遅めのお昼は家でパスタはどうですか?」

「それはいいな。味は?」

「生クリームがあるのでカルボナーラですかね」

歩みを再開した玲央奈の頭の中は、もうカルボナーラ一色だ。

そんな彼女のセミロングの髪を、熱を孕んだ夏風が掬い上げる。髪の下に潜む痣は、誰にも知られずその濃さを微かに増していた。

六話　ウソつき夫婦の『本当』のこと

季節は夏も終盤に近付く、八月の下旬。

エプロン姿の玲央奈はダイニングテーブルを見渡して、ひとりでうんうんと満足そうに頷いた。

「だいぶ頑張ったし、いい感じよね」

テーブルに並ぶのは、オーブンでじっくり焼いた自家製ローストビーフ、新鮮なタコのカルパッチョ、温玉サラダ、生ハムのクリームチーズ巻き、キノコとベーコンのホワイトスープ……といった、洋食で固めたいつもより豪勢な料理たちだ。冷蔵庫にはデザートとして、お手製のカスタードプリンも出番を控えている。

チラリと壁掛け時計を確認すれば、時刻は夜の八時半。

「清彦さんは空港を出た頃かしら」

週も終わりの今夜。

天野は一週間ぶりに、玲央奈と同棲中のこのタワーマンションの部屋へと帰ってくる。

というのも、彼は会社の命により、遠方で行われるインテリア雑貨の展示会のために、出張で家を空けていたのだ。

展示会の担当はなかなか骨が折れるそうで、最初から本人はまったく乗り気ではなく、夕食を食べながら『なぜ俺が』と珍しく愚痴をこぼしていた。

（最後まで子供みたいに渋っていたものね……私を置いていくのも気がかりだとか言って）

天野は自分がいない間、呪いに引き寄せられたあやかしたちに、玲央奈が襲われないかもいたく心配していた。

今の玲央奈があやかしの被害から身を守れているのは、共に生活して天野の気配を纏うことで、一種のバリアのようなものを張っているからだ。彼の持つ強い妖力が、玲央奈を狙うあやかしたちを牽制してくれている。

だがそれも、物理的に天野と離れてしまえば気配は薄れ、どうしても効果は弱まる。

そのことを天野は危惧していたわけだが……。

（一週間くらいならなんともないって、本人もわかっていただろうに。過保護なのよね、相変わらず）

彼のそれは杞憂に終わり、玲央奈はあやかしに一度も襲われなかった。

それどころか反対に、ここ三日前からは、あやかしたちの気配すら周囲に感じないのだ。例え獲物である玲央奈に近付けずとも、普段ならうようよと、遠巻きにうごめいてはいるはずなのに。

（ちゃんと清彦さんに報告した方がいいわよね……）

出張中の天野とは、メールでちょっとしたやり取りはしていたが、このことはまだ伝えていない。直接相談した方がいいと判断したからだ。

また、報告事項はもうひとつある。

玲央奈はそうっと、首裏の痣に触れた。

あやかしの気配が失くなったのと同時に、時折、痣が疼くようになった。煙川との一件以来はなんともなかったのに、あのときのあれはやはり気のせいではなかったようで、皮膚の下を蛇が這うような気持ち悪さを瞬間的に感じている。

日常生活に支障が出るほどでもないが、あやかしたちの気配が消えたことも含めて、これらはもう見過ごせない異変だ。加えて、ミニ河童の忠告の件もある。

きっと、よくない『なにか』が起きているに違いない。

「……でも、やっと清彦さんが帰ってくるし。まずはお疲れさまって言わなきゃね」

あえて玲央奈は明るい調子で、口に出して気分を切り替える。

お疲れだろう天野を労るために、気合いを入れて料理を作ったのだ。久しぶりにレシピ本も開いて、彼の好きなものも考慮して準備した。

この一週間、料理の感想を天野から聞けず……正直かなり、玲央奈は物足りなかった。

一刻も早くまた彼と、穏やかな食卓を囲みたい。

そうこうしているうちに、待ち望んだガチャリというドアの音が聞こえる。見込みより早いご帰還だ。

「っ！　清彦さん、おかえりなさい！」

玲央奈は文字通り玄関に飛んで行った。

無表情がデフォルトな顔は、自身でも気付いていないがゆるみ、柔らかな表情で出張から戻った天野を迎える。

迎えられた天野といえば、濃紺のスーツ姿で佇んだままだ。でかいキャリーバッグを傍に携えて、無言で微動だにしない。

（あれ？　恒例のフリーズ？）

それにしては停止時間が長く、玲央奈はおそるおそる「あの……おかえりなさい、清彦さん……？」と自主的に言い直した。

やっと天野がピクリと反応する。

だが次に彼が起こした行動は、玲央奈にはまったくの予想外だった。

「き、清彦さんっ⁉」

――ガバリと、彼が前触れなく抱き締めてきたのだ。

長い腕に真正面から閉じ込められた玲央奈は、なにが起きたのか理解が追い付かず、目を白黒させる。

互いの鼓動さえ聞こえるほど、隙間なく密着した体。離れようと反射的に玲央奈が身じろげば、逆に「離さない」と言わんばかりに腕の力を強められる。どちらにせよ天野との圧倒的な体格差では、玲央奈は逃げることなどできないだろう。

なによりスリッと甘えるように、玲央奈の肩に顔を埋めてくるのだから堪らない。

「あ、あの、ちょっと清彦さんっ！」

「あともう少し……」

「清彦さん！」

とにかく天野の名前を呼んで、その広い背を弱々しく叩く。玲央奈のささやかな抵抗は実を結び、天野はやっと我に返ったようだ。

バッと、勢いよく体が離れていく。

「す、すまない……君の姿を見たら気が抜けて、つい……」

「い、いえ」

先に謝られてしまえば、玲央奈はなにも言えない。

ドキドキとうるさい心臓を宥めながらも、赤い顔を隠して「そんなに出張は大変だったんですか？」と窺う。

今の行動はどう考えても、疲れがＭＡＸに到達していたせいだろう。天野の状態に異常が発生していたのだ、きっと。

「いや……確かに骨は折れたが、展示会自体は滞りなく盛況で終わったぞ。顔を売っておきたい相手にも営業をかけられて、成果は申し分ない」

「さすが天野主任です」

彼の隙のない仕事ぶりに、玲央奈もつい仕事モードで返す。

「ただそちらではない方で、少々厄介な案件が発生していてな……」

「そちらではないといったら、半妖とかあやかし関係ですか？」

「ああ、君にも説明しておこう。だが先に夕食を頂いてもいいか？　玲央奈の料理を一週間ぶりに堪能したくて、今日は朝からあまり食べていないんだ」

玲央奈は一応メールで、今夜の夕食はいるかどうか、昨夜の段階で天野に確認を取っていた。出張先で食べて帰ってくるかもしれなかったからだ。

だが天野は秒で【家で食べる】と返信してきた。

その返信を見て笑いがこぼれかけたのは、玲央奈だけの秘密だ。

「用意はできているので、すぐ食べられますよ」

「ありがとう、頂く」

キャリーバッグをゴロゴロ引きずる天野とリビングに移る。

手の込んだ料理の数々に、天野は期待以上に喜んでくれ、玲央奈は久しぶりに胸が満たされた。

「こういうときに言う台詞だったんだな、『やはり家が一番』というのは。いや、君というお嫁さんがいるからこそ言える台詞か」

「真面目な顔でなに言っているんですか、もう」

量も多めに作ったのにあっという間に平らげられ、今は透明なガラスの器に盛ったカスタードプリンと、天野が土産に買ってきた焼き菓子をふたりで味わっている。いつもなら天野が食後のコーヒーを淹れているが、お疲れの彼にそんなことはさせられず、玲央奈がデザートのお供に紅茶を用意した。

紅茶は先月、二回目にオババさまのところを訪問した際、「お土産にどうぞ」とくれたお高い茶葉だ。

ダイニングテーブルにふたり分の紅茶のカップが置かれたところで、天野が『厄介な案件』について話し出す。

「どうやらこの辺り一帯で、名無しのあやかしが人を手当たり次第に襲っているみたいでな。力が強く危険な相手で、その力の影響か、普段ならあやかしが見えない人からも『怪奇現象に遭遇した』という証言が出ているらしい。そして遭遇したという人は必ず、謎の体調不良に襲われたり、見るからに衰弱したり、中には倒れて危うく命を落としかけた人もいると聞く」

「そ、そんな大事になっているんですか……?」

「俺の出張中にオババさまから連絡が入ったんだ。『守り火の会』内もそれでざわついている。そのあやかしを恐れて、他の弱いあやかしたちは身を隠しているようだし、ソイツの強さが推し量れるな」

「あっ！　それで……！」

そこで玲央奈は、あやかしたちをパタリと見かけなくなった理由がわかった。より上位の存在に怯えていただけとは。ミニ河童の言っていた『アブナイノ』ともソイツのことかもしれない。

ついでに痣の痛みのことも伝えれば、天野は眉をぎゅっと寄せて深刻な顔つきになる。

「……それは君の痣が、強いあやかしの存在に反応している可能性があるな。ソイツは広範囲で移動しているようで、初めて目撃されたのは、煙川さんたちのアパートがある繁華街の近辺なんだ。玲央奈が一番に感じ取ったんだな」

「そういうことですか……なるほど」

「あるいは、そのあやかしこそが……」

途中まで言いかけて、天野は腕を組んで黙り込む。極々小さな声で「やはり今度こそ『当たり』かもしれないな」と呟いているが、玲央奈にはなにが『当たり』なのか意味不明だ。

天野は気を取り直すようにスプーンを手に取り、プリンを一口。

「とにかくそういう訳で、俺は明日からまた帰りが遅くなる。そのあやかしを退治する任務を買って出たからな。まずはソイツの居場所を探らないと」

「退治……!? まさかそれもまた、『守り火の会』に来た依頼ですかっ？」

「依頼ではないがな。俺たち『守り火の会』は基本、半妖の生活を守ることを目的に作られた、半妖たちのためだけの組織だ。だが力ある者の責務として、一般人にも脅威をもたらすようなあやかしが現れたときは、会のメンバーが協力して『あやかし退治』に出向くことがある。今回はそのパターンで、ユウも働いているな」

「稲荷さんまで……そんな危険なこと……」

しかも天野は『買って出た』と言った。それはつまり、天野の場合は自ら望んで、そんな危ないあやかしと対峙しに行くということだ。

昼の仕事での出張が終わったかと思えば、またそんなハードスケジュールをこなすのか。

体は問題ないのか。

そもそも退治なんてどうやるのか。

本当の本当に大丈夫なのか。

ハラハラした目を向ける玲央奈に反し、天野はあくまで冷静な態度だ。

「今回ばかりは君に手伝わせるわけにはいかないが、こうして玲央奈が家で夕食を作って待っていてくれるだけで助かる。長引かせる気は毛頭ないからな、早めに片を付けるさ。じゃないと君と食事が取れなくなる」

「清彦さん……それは絶対に、清彦さんがやらないといけないことなんですか？」

「ああ。件《くだん》のあやかしとは、俺は絶対に相まみえる必要がある」

天野の目には固い決意の炎が燃えていた。真剣さが加味されると、彼の造り物めいた美貌は凄みを増す。

これはどう説得しようと止めないなと、玲央奈は早々に悟る。

だがこうして、危険は承知でなにをしに行くのか、天野から進んで玲央奈に打ち明けてくれただけでも、大きな関係の進歩なのだろう。煙川に対して玲央奈が訴えた『できるだけ無茶をするな、するとしたらせめて言え』という言葉を、天野は天野なりに受け止めてくれたのかもしれない。

玲央奈が押し黙ると、天野は「少し待っていてくれ」と言って、いったん席を立った。

そしてリビングの端に放置していたキャリーバッグを開けて、中から平らな桐箱を取り出した。それを玲央奈の前に滑らせる。

「あの、これは……？」

「オババさまからの連絡を受けた後で、出張の合間に、その地方にいる『守り火の会』のメンバーにちょうど会えたんでな。そのマダムから直接受け取ってきた物だ。開けて見てみろ」

「……これは手鏡、ですか？」

玲央奈は箱に入っていた鏡を怖々《こわごわ》と持ち上げる。

柄はついていない、銅製の枠に嵌《は》められた丸鏡で、サイズは片手に収まるほど小さいがそこそこの重みはある。裏には火の玉模様が刻まれていて、如何《いか》にも呪術などで用いられそうな独特の怪しさがあった。

「会の古参メンバーであるマダムは、『雲外鏡《うんがいきょう》』という鏡のあやかしの半妖でな。彼女が自分の妖力を込めたその特殊な鏡には、悪いあやかしを封じ込める効果があるんだ」

「す、すごいじゃないですか！　この鏡にあやかしを映せばいいんですね？」

「そうだ、上手く映すのが意外と難しいがな。今のところ世界に三つしかない、あやかし退治を請け負ったメンバーにのみ一時的に貸し出される貴重品だから、なるべく大事に扱ってくれ」

「それはもちろん……って、え⁉」

注意されたばかりだというのに、玲央奈は驚きで鏡を取り落としそうになる。

「なんで私が持つ流れになっているんですか？　あやかし退治に行かれる清彦さんが

持つべきでしょう!?」

「それは保険だ。もし敵のあやかしが、俺の妖力でも追い払えない強さなら、真っ先に狙われるのは呪い持ちの君だろう。そうでなくとも……この案件は君にリスクが高いと判断した。身を守るために、君のお母さまのお守りと合わせて、必ず持ち歩くようにな」

「で、ですけど……それなら清彦さんはどうするんですか？」

　これがないと退治に出掛けたとして、あやかしを封じることができないのではないか。玲央奈の身の安全より、天野の武器になる方を優先すべきだろう。

　玲央奈のもっともな意見に、天野はなんでもないふうに答える。

「安心しろ、鏡は三つあると言っただろう？　俺は同じ物をもうひとつ借りてきて所持している」

「ウソですね、旦那さま。こんな希少な道具、ひとりにふたつも貸せるはずがないじゃないですか。……そういうウソは止めてください」

「……すまない。もうひとつはユウが持っている。アイツも俺のアシスタントとして出張に同行していたからな、そのときにマダムからそれぞれ受け取った。俺はあやかし退治には必ずユウと出掛けるし、アイツさえ持っていれば問題はない」

「問題ないって……」

それでもどの角度から考えても、天野が持っていた方がいいに決まっている。

玲央奈と天野はしばらく「私はいりません」「いいや、持て。俺の方がいらない」「清彦さんの方がいるでしょう!」「君が持っている方が俺の精神が落ち着く」「なんですかそれ!」という押し問答を繰り返した。

すっかりお高い紅茶が冷めた頃、ついに折れたのは玲央奈だ。

「……わかりました。しぶしぶですが、とっても不本意ですが、まだ納得はしていませんが、暫定では私が持ちます」

「俺のお嫁さんは強情だな」

「強情なのは旦那さまでしょう」

負けた玲央奈は鏡を丁寧に桐箱に戻し、仕方なく箱を自分側に寄せた。不貞腐れた気分でお土産の焼き菓子を頬張る。

狐色に焼けたフィナンシェは、外側のサクサク感と中のしっとり感が絶妙だ。天野はお土産のセンスもいい。

「それじゃあ、俺は風呂に入ってくる。君は先に寝ていろ。十時以降の夜更かしは美容の天敵なんだろう?」

知らぬ間に時計の針は随分と進んでいたようで、規則正しい生活を心掛ける玲央奈にとっては、そろそろ就寝の時間になっていた。

だがこれを最後にしばらくは、天野と夕食を取れないと思うと名残惜しさを覚える。彼はきっとまた、会社を定時で上がるくせに、帰宅は日付を越えるだろう。朝も会社でも、休みの日だって、一緒に住んでいるはずなのにゆっくり会うことは当分無くなる。

そう考えて、玲央奈は「今日は」と唇を動かす。

「今日はもう少し起きています。明日は休みですし、一日くらい夜更かしも悪くないです。……たまにはふたりで、映画でも観ませんか？　今日はこの後、私の好きな作品が深夜帯のテレビで流れるんです」

それは玲央奈が、天野ともう少し共にいる時間を増やしたくて、咄嗟についたウソだった。玲央奈の知っている映画が放映されることは本当だが、玲香と昔に見たときは、退屈すぎて途中で寝てしまったやつだ。

玲央奈のお誘いに、天野はあからさまにびっくりしていた。だが間を空けて「確かに、たまには悪くないな」と笑ってくれた。

風呂上がりの無駄に色気たっぷりな天野と、玲央奈がソファに並んで見た映画は、レビューでもストーリーに苦言を呈されているB級ホラー映画。

「これが好きだという君には悪いが……俺にはあまり面白さがわからないな」

「……ですね」

「君が好きなやつではなかったのか？」

「こ、この退屈さがいいんですよ！」

そう評しながらも、ふたりは途中でテレビを消すことなくきちんと鑑賞した。

エンドロールまで見ても映画のよさは理解できなかったが、天野とポツポツ感想を交わしながら過ごす夜は、玲央奈の心に僅かばかりの安穏を与えたのであった。


共に夕食を取って映画鑑賞をした日から、天野と玲央奈は予想通りすれ違い生活を送ることになった。

天野のあやかし退治は難航しているようで、会社ではおくびにも出さないが、家でほんの数分顔を合わせたときなど、玲央奈の目には天野が日に日にやつれていくように映った。

まず件のあやかしを探すだけでも大変な作業なのだろう。

加えて此度の天野は、やけに躍起になって任務に取り組んでいる。

それでも玲央奈の作り置きのご飯はしっかり食べて、律義に感想メモは欠かさないのだから、玲央奈は困ってしまう。

家のことをするくらいしかできない自分が、どうにも歯がゆかった。

ただ唯一幸いなことは、その件の凶悪なあやかしに、玲央奈が襲われる片鱗《へんりん》もないことか。

首裏の痣の疼きは変わらぬ頻度で続いているが、外を歩いていてもヤバい気配などは感じない。押し付けられた手鏡はやはり必要なさそうだと、隙を見て天野に何度か返却しようと試みたくらいだ。ことごとく徒労に終わったが。

——そうして日々は流れ、二週間が経過した。

「もう秋だし、涼しくなってきたわね……」

一日これといった予定もない土曜日の夕方。

玲央奈は食材の買い出しに、近くのスーパーまで出掛けていた。

手首に掛けたエコバッグには、玉ネギ、ニンジン、ジャガイモ、手羽元などなどが収められている。今夜はチキンカレーだ。

朝一番、出掛ける前の天野とリビングで遭遇した際、『今夜は君の作ったカレーが食べたい』とリクエストされたのだ。

まさしく身を削って頑張っている旦那さまのご要望に、玲央奈が張り切らないはずがない。

(帰りはまた遅いだろうし、一緒には食べられないだろうけど……とびっきりおいしく作らなくちゃね)

やる気は十分に、玲央奈はエコバッグを揺らして夕暮れの街を歩く。しかし、何事もなくマンションに着いたところで、エントランスの前で意外な人物を見つけた。

「稲荷さん……？」

「玲央奈ちゃん！　よかった、今連絡を入れようか悩んでいたところだったんだよ」

グッドタイミングと、狐顔が綻ぶ。

「清彦さんはどちらですか？　あと、その……」

あやかし退治に出掛けた天野は、稲荷と行動を共にしていたはずだ。

天野の姿が近くにないことに、玲央奈は一抹の不安を覚えるが、それよりとある存在に視線が吸い寄せられる。

「どうしたんですか？　そのお子さん」

稲荷はその両腕に、五歳児くらいの幼い子供を抱っこしていた。

黄色いパーカーのフードを深々と被っていて顔は見えないが、ぐっすり寝入っているらしい。格好的に男の子だろう。

まさか……と玲央奈は懐疑《かいぎ》の目を稲荷に向ける。

「稲荷さんの……」

「違う、違う！　俺の子供じゃないからね！　今のところ俺はひとり身だし彼女もいないから！　言っていて虚しいなこれ！」

稲荷が首を振って激しく否定した拍子に、子供のフードがパサリと取れる。

玲央奈は思わず「あっ！」と声をもらした。

男の子はサラサラの黒髪に、眠っていてもわかる端正な顔立ちをしていた。だが特筆すべきはそこではなく、額にピンと立つ一本角が生えていたのだ。よく見れば口からは鋭い牙もはみ出している。

どちらも作り物などではないことは、傍で観察するとすぐに判断できた。

これではまるで『鬼の子』だ。

「この子はいったい……もしかしてあやかしとか……？」

「うーん、分類的には人間かな」

「人間なんですね。遠い昔に会ったことがあるような……むしろここ最近会ったような……」

まじまじと玲央奈が子供を見つめていたら、稲荷が「おっと」と呟いて小さな頭にフードを被せ直した。

そのタイミングで、エントランスから主婦らしき女性が出ていく。目立つ一本角を見られたら騒ぎになりそうだったのでナイス対処だ。

稲荷はポンポンと、子供の背をリズミカルに叩く。

玲央奈は遅れて気付いたが、稲荷はやたら大きな紙バッグを腕に下げていた。

「ここじゃあ誰か通るし、落ち着かないからさ。まずは部屋に入れてくれないかな？

ちゃんと説明するよ、一からね」

部屋に入って一番に、子供はリビングのソファに寝かせた。眠りはだいぶ深いようで、エレベーターで昇っている間もピクリともしなかった。

今はタオルケットをかけられ、すやすやと規則正しい寝息を立てている。水族館で購入した例のイルカのぬいぐるみを、枕代わりに丸い頭の下に配置してみたのだが、玲央奈のベッドの上にあるよりは余程しっくりきた。

(可愛いな)

微笑ましく感じながら、玲央奈はソファの前にクッションを床に敷いて座る。稲荷も同様に腰を落ち着けた。彼の横にはぎゅうぎゅうに物が詰まった紙バッグも置かれている。

「それで、稲荷さん。この子は……」

「驚かないで聞いてね？　実はこのお子さまはなんと！」

「……清彦さんですか？」

「あれっ、わかっちゃった？」

玲央奈の予想は見事に的中。

部屋までの移動中に、稲荷とオババさまが以前、天野が『あの姿』やら『例の姿』

やらになるとほのめかしていたことを思い出したのだ。

常人なら信じられない現象でも、天野が半妖であることを考慮すれば可能性は十分にあり得る。

極めつけは、稲荷の持つ紙バッグの中に見えた、折りたたまれた黒いシャツ。見慣れたそれは、今朝天野が着ていたものだ。

つまり天野はなんらかの原因で、体が幼児化してしまった。しかもただ子供になっただけでなく、角や牙というおまけつき。

今着ている子供用の黄色いパーカーにおしゃれなジーンズは、おそらく稲荷が用意して着せたのだろう。

「キヨのこれ、俺は『子鬼バージョン』って勝手に呼んでいるんだけど、妖力の使い過ぎと疲労がピークに達したら稀になるんだ。中身は実年齢のキヨのままだけど、妖力をチャージ中の状態だから、制御が効かなくて『鬼』としての特徴が角とか牙で外に出るし、普段のショートスリーパーが信じられないくらいグースカ寝るよ」

ぷにぷにと、稲荷が天野のお餅のような頬をつつく。

天野は嫌そうに眉間に皺を刻んでいて、大人の彼だったなら、もうとっくに目を覚まして稲荷の頭のひとつでも叩いているに違いない。

「こんな事態になるのはキヨくらいだよ。俺が妖力を使いすぎたって、別に本物の狐になるわけじゃないし。キヨの妖力が強いために起きた影響だね」

「狐になるよりは……角が生えて、子供になる方がいいかもしれませんね。可愛らしいですし」

「ははっ、玲央奈ちゃん大物！　このキヨ見ても、引かずに褒めるとか！」

　ケラケラと、稲荷は腹を抱えて笑う。

「あー、最高。キヨは女性を見る目だけは確かだよ。まあこの角も、俺の変化をキヨにかければ消すこともできるんだけどね。今日はもう俺自身に一回使っちゃったから使えなくて。外でいきなり子供になるからビビったよ」

「それほど体が限界だったってことですよね……？　清彦さんはどのくらいで元に戻るんですか？」

「妖力の枯渇《こかつ》具合と疲労具合によるけど、通常なら一日か二日かな。でも今回は下手すれば三日はかかるかもね。キヨのやつ、だいぶ根を詰めて任務に取り組んでいたし。気持ちはわからないでもないけどさ」

「あの、どうして清彦さんは今回の任務にそこまで……」

　もしやそれは、常日頃、天野が依頼を一心不乱にこなす『目的』にも繋がっているのではないか。玲央奈はそこまで考えを巡らせていた。

　稲荷は「えー、これ俺から話していいのかな」と、糸目を悩まし気にさらに細めていたが、すぐに心は決まったらしい。

「……そうだな、アイツに任せていたら、玲央奈ちゃんに一生隠し通しそうだし、俺から話せるギリギリのとこまで話すよ。今回の任務で追っているあやかしだけど、それは昔、俺とキヨが取り逃がした奴かもしれないんだ」

「取り逃がした……？」

うん、と頷いて、稲荷が回顧《かいこ》するように天井を仰ぐ。

「もう十年前になるから、俺とキヨは大学生の頃だね。ここじゃない遠方の大学に通っていたんだけど、学校が夏季休暇の間に、俺たちは今みたいなあやかし退治の任務を請けてこっちに来ていてさ」

夏休みにあやかし退治……というフレーズだけ聞くと、ひと夏の大冒険といった青春感が出るが、実際はそんな呑気なものではないのだろう。

語る稲荷の口調はどことなく固い。

「相手は名無しのあやかしだったけど、妖力が強くて知力もあって、なにより小狡《こずる》いやつだった。人間のフリをして潜んでは、人間を襲っていたんだよ。だけどキヨは心読みの能力も駆使して、ソイツの正体を暴いて、逃げたソイツを俺たちは近くの山の中まで追い詰めたんだ」

十年前。

夏。

山の中。

玲央奈の胸奥が小さく波打つ。

「だけどあと一歩ってところで、天野が子鬼バージョンになっちゃって。雲外鏡のマダムから借りた鏡も落として、一気に形勢逆転。大ピンチ」

「それから……どうしたんですか……？」

「俺は鏡を探しながらあやかしを引き付けるために残って、子供の天野には、適当に俺の上着を着せて先に逃げるように言ったんだ。いても危ないだけだからね。近くで人の声が聞こえたから、遭遇しても問題ないように変化で角と牙を消しておいた。でもここは俺の誤算でもあって……相手のあやかしは俺じゃなくて、自分の正体を暴いたキヨに恨みを持ったみたいでね。キヨの方を追いかけていってしまったんだ。それからキヨは……」

稲荷の細い目がうっすら開かれ、一瞬だけ玲央奈を見据える。

その視線が意味することはなんなのか。玲央奈が考える間もなく、稲荷は「ごめん、俺から話せるのはここまで」と昔話を切り上げた。

「ここから先はキヨに直接聞いてみて。最後に言えるのは、そのあやかしは結局捕まえられず、俺等は逃がしちゃったってことだけ。任務失敗だね」

「その逃がしたあやかしが、今回また現れた……ってことですか？」

「……今回の奴も十年前の奴と同じで、気配を上手く誤魔化して人間のフリができるみたいなんだ。他にも特徴がいくつか一致している。あくまでそうかもってだけだから、真偽はわからないけどね」

稲荷は宣言通り、それ以上喋る気は一切ないようで、クッションから腰を上げた。

彼は紙バッグを掴んで何気なく玲央奈の前に置く。

「そんなわけで後は任せたよ、玲央奈ちゃん。キヨが元に戻るまで、俺は単独で相手のあやかしの居場所を探るし。キヨの面倒見てやって」

「め、面倒と言われましても……」

「その紙バッグの中に、子供用の着替えとかも一式入っているから。なにか困ったことがあったらいつでも俺に連絡して。よろしく！」

にこやかに片手を上げて、稲荷は寝ている天野の黒髪をぐしゃりとかき混ぜると、あっさり帰ってしまった。天野もそうだが、稲荷も仕事ができる人特有のフットワークの軽さである。

静まり返った部屋に満ちるのは、幼い天野の寝息のみ。

玲央奈はその寝顔を上からじいっと眺める。

「天使みたい……」

ふっくらした子供らしい輪郭に、影を作る長い睫毛。稲荷が乱した髪をそっと整えてやると、険しさが取れて表情がふわりとやわらぐ。

天使みたいじゃない、天使だ。

レアな角つきの天使。

玲央奈はそう確信した。

「ねえ、清彦さん。清彦さんってもしかして……」

先ほど胸を波打たせたとある仮説を、玲央奈は言葉にしようとして、寸でのところでやはり止めた。

それはまだ確信がないことで、口にするのさえ軽率には憚られる。

今焦って答えを出すべきじゃない。

（今、私がすべきことは……）

玲央奈は目の前にある紙バッグに目を止め、キッチンのシンクに置きっぱなしにしてきたエコバッグの存在を連想した。

そして本日受けた『リクエスト』を思い出し、キッチンに向かって足を進めたのだった。

天野は微かに「いい匂いがする」と鼻をひくつかせた。

だけどまだ彼は眠りの中だ。

子供の姿になると、いつもどれだけ寝不足だろうと感じたことのない、強烈な睡魔に襲われる。それに抗えず眠りにつけば、これまたいつもは見ないはずの『夢』を見るのだ。

――それは決まって、己の過去を順番に振り返っていく走馬灯のような夢である。

始まりはまだ実の両親と暮らしていたとき。

天野は半妖の力に目覚めたせいで、両親に疎まれ出したが、それ以前から家族仲は口が裂けても良好とは言えなかった。

家庭に興味のない仕事人間な父親。

金遣いの荒い育児放棄気味な母親。

どちらからも親らしいことをしてもらった覚えはなく、夢の中でさえ顔がろくに出てこない。彼等に捨てられた事実にも、特に悲しさも寂しさもわかなかった。

次はオババさまの施設に移って間もないとき。

ここでの方が、天野にとって家族らしい記憶が多い。

庇護《ひご》してくれるオババさまの元で、自分以外の半妖の人間と交流を持ち、力の使い方も会得《えとく》し、親友でありもはや兄弟同然でもある稲荷とも出会った。少し成長すれば『守り火の会』の活動へも、オババさまへの恩返しのために積極的に参加した。

性格は天邪鬼らしくひねくれて育った自覚はあるが、人とは違う半妖という点は、やっとここにきて個性として受け入れられた。

次は時間が一気に飛んで、十年前に挑んだあやかし退治のとき。

その最中で天野にとって、後悔してもしきれない事件が起こる。

人生は選択の連続だというが、人には確実に『間違えた』と思う選択が、過去にひとつやふたつあるのではないか。

天野にはあるし、それはこのときだ。自分のした選択は間違いだらけで、そのせいで『あの子』を巻き込んでしまったことをひどくひどく後悔している。

どうして、自分はあのとき……。

そして現在。

誰かが「清彦さん」と、天野の名前を呼んでいる。

優しい声だ。

聞いていると、愛しさのような甘い感情があふれて、つい抱き締めたくなる。

ゆっくり腕を伸ばす。だけど子供になっているから、リーチが短くて届かない。

指先が空を切れば、滅多に笑ってくれない『彼女』が、「寝ぼけているんですか？」とクスクス笑う声も耳に入ってきた。

心地がいい。もっと聞いていたい。

求めるように身じろぐと、頭を慈しむように撫でられる。

子供扱いなんて、例え今は本当に幼い子供の姿でも、他人にされたら容赦なくはね除けるが、この手は拒絶する気にはなれなかった。できれば自分の方が彼女の頭を撫でたいけれど。

そのあたりで、天野の意識はだんだんとはっきりしてくる。

彼女からだろうか？

おいしそうないい匂いも濃くなった。

天野はその匂いに誘われるように、ようやく重たい瞼を持ち上げた――。

「あ、起きましたか、清彦さん」

「玲央奈……？」

目を覚ました天野に、玲央奈はホッとする。

なかなか起きる気配がないから、若干不安だったのだ。

寝ぼけている様子はお子さまらしくて大変愛らしかったが、早くちゃんと覚醒した天野と対面したかった。

寝起きの緩慢《かんまん》な動作で、天野はソファの上で体を起こす。タオルケットがズルリと床に落ちた。

「ここは俺のマンションの部屋か……？　ユウはどうした？」

「稲荷さんなら小一時間ほど前にはいましたが、清彦さんをよろしくと言って帰られましたよ」

「あの狐……」

天野が天使な見た目にそぐわない、地を這うような低い声をもらす。

どうやら天野は子供になった後、稲荷の家で着替えてから寝落ちしたらしいが、天野的にはそのまま、親友のところに元に戻るまで居座るつもりだったという。

それが起きてみたら、なぜか自分の家にいて、玲央奈に寝顔を晒していたというわけだ。

「子供になってしまった事情は、稲荷さんから聞きました。その間のお世話は私に任せてください」

「……無様な姿になってすまないな。君にはあまり見せたくなかったんだが」

「男のプライドってやつですか？　安心してください、とっても可愛いですよ」

「それこそ男のプライドは形無しだぞ、嬉しくない」

「でも可愛いです」

「嬉しくない」

ツンと唇を尖らせてそっぽを向くのも、玲央奈にはやはり可愛くてたまらなかった。

稲荷命名『子鬼バージョン』のこの天野は、心なしか天邪鬼っぷりが鳴りを潜めて素直である。

そこも可愛い。すごく可愛い。とにかく可愛い。

角と牙はあるがあってても関係ない。引くなんてとんでもないし、むしろチャームポイントだとさえ思う。

なにより普段は余裕綽々《よゆうしゃくしゃく》な天野を、優位に立ってからかえることに、玲央奈は味をしめていた。

「お得意のウソは、今日はつかなくていいんですか？　今ならどんなウソでも許しちゃいますよ」

「君はわりとイイ性格をしているな。さすが俺のお嫁さんだ」

「その姿で夫婦だと犯罪になりますけどね。それで小さい旦那さま、お腹は減っていませんか？　リクエストされたカレーができていますけど」

天野は「ああ、この匂いはカレーか」と納得したように頷く。

無意識だろう、丸い手で腹部を押さえる天野に、玲央奈は微かに口角をゆるめて「すぐに用意しますね」とカレーを取りに向かった。

（久方ぶりの清彦さんとの夕食が、まさか幼稚園の給食みたいになるとはね）

玲央奈は「ご飯にお子さまランチみたく旗を立てたら怒るかしら？」などとチャレ

ンジャーなことを妄想しつつ、皿に炊きたてのご飯と熱々のルーを盛り付けた。

ダイニングテーブル用の椅子では、天野の足が床につかずに不安定らしいので、今夜はソファ前のローテーブルで食事をすることに。

「いただきます」

カーペットの上でちょこんと正座した天野が、行儀よく手を合わせる。

玲央奈も対角に座ってそれに倣ったが、もぐもぐと頬張る天野を見守っていたくて、彼が食べ終わるまでは自分のカレーには手をつけないことにした。スプーンを口に運ぶ度に、牙に当たりかけているのが愛嬌がある。

しかし、淀みなく動いていた腕が、突然ピタリと止まる。

「清彦さん？」

「……君の作るカレーは、オババさまが作るカレーに似ているな」

「オババさまのカレーと？」

玲央奈のカレーは玲香直伝のチキンカレーで、肉は手羽元を使い、ルーは甘口。隠し味にはヨーグルトを入れる。

もとよりマイルドな味わいの子供向けカレーだが、今回のみハチミツも加えて甘さを強くしてあった。

「正確には使われている肉や野菜も違うし、まったく同じではないが、オババさまのカレーも甘かった。たまたまだろうが、この甘さがとても俺好みだ。……施設に来た頃は、俺はまだオババさまのことを信用していなくてな。よく食事も残していたんだ。だけどある日、甘いカレーを出されて、それはつい完食してしまった。オババさまの喜んだ顔が忘れられなくて、いまだにふと食べたくなる」

「……それ、たまたまじゃないですよ」

「ん？」

玲央奈のカレーと、オババさまのカレーが、材料は違えど甘さの加減が似ているのは、どちらも天野のために作ったものだからだ。

天野が料理の味付けは甘めが好きなことを、玲央奈もオババさまも把握していたから、天野に合わせた。それだけの話だ。

そう説明すると、天野は目を丸くした。大人になると切れ長で鋭利な印象を宿す瞳は、この姿だとまだあどけない。

「そうか……それじゃあこのカレーは、オババさまと君からの、俺への『愛情』というわけだな」

「あいっ……！　オ、オババさまはそうでしょうが、私のは別に……！」

「違うのか？　悲しいな、君からの愛を感じて嬉しかったのに。子供の体だと涙腺も弱いみたいだから泣きそうだ」

「ウソですね、旦那さま。ニヤニヤしていますよ」

天邪鬼が鳴りを潜めたというのは玲央奈の勘違いで、もう通常運転の天野だった。

だけど天野のニヤニヤが、心から嬉しそうに見えたため、玲央奈はもういいかと思えてしまう。

あと笑う顔が天使を超えて大天使だったから、全部許した。

「君は食べないのか？　俺への愛情たっぷりカレー」

「その言い方は止めてください。……食べますよ」

見守ることは諦めて、玲央奈もスプーンを手に取る。

「でも清彦さんが、自分のことを進んで話してくれるなんて意外でした。あまり語りたがらないじゃないですか」

「……昔を振り返る夢を見たからな。懐かしくなっただけだ」

「昔を……」

玲央奈の中でまた、あの『仮説』がアンサーを求めて這い寄る。思考を散らして、カレーのジャガイモを咀嚼した。

目の前の問題はなにひとつ解決しておらず、山積みのままだけれど、この日の食卓はどこまでも穏やかだった。

稲荷の予想を裏切り、天野は三日経っても元には戻らなかった。

必然的に会社も休むことになり、天野が子供になって今日で五日目。

さすがにそろそろ戻るだろうと稲荷は言っていたが、玲央奈が朝に出勤する段階では、天野はまだ小さいままだ。

「それじゃあ、いってきますね、清彦さん」

「ああ。忘れ物はないか？」

「はい」

「お守りは？」

「コートのポケットの中です」

「雲外鏡の鏡は？」

「バッグの中」

「よし」

玄関の框《かまち》に立ち、パジャマ姿で持ち物チェックをしてくる天野。

彼のパジャマはどこで売っていたのかわからない、デフォルメされた赤鬼のキャラがプリントされていて、「キヨにぴったりでしょ？」とは選んだ稲荷の発言だ。

天野は着ることに抵抗していたが、最終的には「着てくれないんですね……」としょんぼりした玲央奈に負けた。

「清彦さんはまだ寝ていてもいいんですよ？　昨日も無理してお見送りしてくれましたが、今の姿だと朝は辛いんじゃないですか？」

「いや、俺はこのまま起きて、家でもできる会社の仕事を片付けるつもりだ。あやかし退治の方もユウに任せきりだしな。件のあやかしは上手く逃げているようで、尻尾がなかなか掴めないと聞いている。そちらもやれることをしたい」

子供の体のときくらい自分を甘やかしてもいいのでは、と玲央奈は思うのだが、天野はとことん鞭打つタイプだ。

しかし眠気はあるようで、玲央奈を見上げる瞳はちょっとぼんやりしている。

「クソ……本当にこの体は不便だな」

目をごしごし擦り出す天野を、玲央奈は慌てて嗜《たしな》める。

「擦っちゃダメです、目が赤くなりますよ」

「もとより赤い、ほら」

イタズラに、天野が瞳の色を変えてみせた。

その鮮烈な赤に玲央奈はドキリとする。

子鬼バージョンの天野と過ごすうちに、玲央奈の立てた仮説はどんどん真実味を帯びていっていた。だがまだ、決定打には欠ける状況だ。

過剰に反応した玲央奈に、天野が赤い瞳のまま「どうした？」と問いかけてきたが、咄嗟に「なんでもありません」と誤魔化した。

（清彦さんが私の心は読めなくてよかった……）

玲央奈は今更ながらその点に感謝する。

天野の方は黒くなった瞳を伏せて、「ふむ」となにやら考え込む。

「少し妖力を使ってみてわかったが……もうだいぶ回復しているな。これなら今日中にでも元に戻れそうだ」

「それならもう、私が帰る頃には戻っているかもしれませんね……」

「残念そうに聞こえるのは気のせいか？　俺のお嫁さん」

「気のせいじゃないですよ、旦那さま」

実際に玲央奈は名残惜しかった。このミニ天野には、多大な癒しを提供してもらっていたから。

（まあ、でも……いつもの清彦さんに会いたい気持ちもあるんだけどね）

それは恥ずかしいので伝えず、玲央奈はちょっと拗ねた天野を置いて家を出た。

帰ったらいつもの天野が「おかえり」と迎えてくれることを期待して。

そして会社に着けば、真っ先に耳に入ってきたのは女性社員たちの嘆きだった。

「聞いた？　今日も天野主任お休みだって！　会社来る意味ない！」

「風邪をひいて熱があるんでしょう？　心配よね。私が看病したいわ」

「あの例の婚約者が看病しているんじゃないの？」

「なんでもいいから、天野主任に会わせてよー」

「潤いが足りないわよね」

体調不良でお休みという設定になっているため、方々から天野を案じる声があがっている。

また男性社員たちからも「天野さんがいないと新規の企画が進まなくて……」やら「天野くんじゃないと、あそこの取引先の機嫌が悪くなるんだよねぇ」やら、困り果てた声も。

ほんの数日休んだだけでも、凄まじい影響力だ。

（半妖の人たちにも頼られて、会社のみんなにも頼られて……やっぱり清彦さんはすごいわ）

玲央奈が改めて感心していると、そこで稲荷がオフィスに入ってきた。彼は女性社員たちにすぐ取り囲まれてしまう。

「稲荷さん！　天野主任の体調は大丈夫なんですか!?」

「主任と仲のいい稲荷さんならわかりますよね？」

「風邪の症状はまだひどいんでしょうか？」

稲荷は怒濤《どとう》の質問攻めに怯むこともなく、「そうだなあ」とデスクに座る玲央奈に一瞬だけ視線を寄越す。

本当に一瞬だったが玲央奈はしっかりキャッチし、同時に嫌な予感がした。

稲荷はにんまり笑う。

「わりと重症だったみたいだけど、甲斐甲斐しくお世話してくれる可愛いお嫁さんがいるからね。昨日の夜に電話したら、本人は惚気ていたしけっこう元気そうだったよ。明日か明後日には復活するんじゃない？」

などと抜かすので、女性社員たちは「やっぱり！」「そんな！」「私たちの天野主任が！」と阿鼻叫喚《あびきょうかん》だ。

（なにを言っているのよ、稲荷さんは……！）

昨晩、天野が紅葉のような手でスマホを握り、稲荷と電話していたのは知っていたが、いったいどんな会話をしていたのか怖くなってくる。

玲央奈は「こっちの心臓に悪いことを吹聴《ふいちょう》しないでください！」と文句を言ってやりたかったけど、結局、本日の業務が終了しても稲荷とはまったく話せる機会がなかった。明日こそ忘れずに言ってやろうと決心しながら、玲央奈は帰路につく。

九月の夕刻。

暑かった夏は過ぎ去り、ここ最近はだいぶ涼しくなってきたかと思いきや、本日の気温は高めのようだ。

加えて玲央奈は、稲荷の『可愛いお嫁さん』呼ばわりが脳内でふと再生され、体が火照ってきたため、公園前で立ち止まっていそいそとベージュ色の薄手のトレンチコートを脱いだ。

遊具が砂場とブランコくらいしかない小さな公園では、ランドセルを担いだ数名の子供たちが遊んでいる。

「なあ、そろそろ鬼を交代しようぜ！　次はお前がやってくれよ」

「えー、また俺かよ。いいけどさ」

「あれ？　缶どこいった？」

「ここにあるぜ！　でも誰かが次に缶を蹴ったら、鬼の負けで終わりな。もう帰らないと母ちゃんに怒られる」

どうやら缶蹴りをしているようだ。

今時の子がするには珍しい遊びな気がして、玲央奈はほのぼのした気持ちで見守ってしまう。

子供の天野がこういうところでこんな遊びをしていたら、微笑ましいだろうなと思う。彼が『鬼』になったら本物だが。

「っ！　また……？」

しかし、平和な空気を打ち消すように、玲央奈にかけられた呪いの痕が疼いた。

コートをかけていない方の腕を首裏に回し、痣の具合を確かめる。

（もう治まった、けど）

人を襲う危険なあやかしが近くに潜んでいる事実に、玲央奈は急速に公園の子供たちのことが心配になってきた。

ただでさえ子供が外で遊ぶには遅い時間帯だ。

一度そう考えると、悪い想像ばかりが止まらない。

帰ろうにも帰れなくなり、どうしたものかとしばらくその場に佇んでいたら、カアンッ！と甲高い音が夕空に響いた。

「えー！　もう終わりかよ！」

子供たちの誰かが、鬼が守っていた缶を蹴った音だったらしい。

コロコロと地面に転がっている、コーラの空き缶が玲央奈の視界に入る。鬼担当の子は悔しそうに「もう一回やろうぜ！」と粘っているが、事前の宣言通りお開きになったようで、玲央奈は胸を撫でおろす。

これでこちらも帰れそうだ。

元気にサヨナラを告げ合う子供たちの声を背に、玲央奈も歩みを再開した。

「ただいま帰りました、遅くなってすみません。……清彦さん？」

公園で立ち往生していた分、少々遅めに玲央奈はマンションの部屋に帰宅するも、期待していた「おかえり」という言葉は返ってこなかった。

いつも天野が玲央奈に求めるように、大人の天野から聞いてみたかったのに。

残念さを抱えてリビングを覗けば、ソファ前のローテーブルにノートパソコンを広げて、キーボードに突っ伏して寝ている天野がいた。

その姿は、お子さまのまま。

額の角が刺さらないように、器用に腕枕を作っている。

「まだ大人に戻れていなかったのね……」

それでヤケクソになって、仕事に没頭していたようにも見える。

パソコンの周りにはたくさんの書類が積まれていたが、寝落ちしたときに落としたのか、何枚か紙ペラが絨毯に散っていた。

玲央奈はトレンチコートやショルダーバッグをソファに放ると、屈んでそれらを拾い集める。

「こっちは会社のよね。こっちもそう。これは、あやかし関係？」

ふたつの仕事を同時にこなしていたようで、落ちた書類はごっちゃになっていた。

玲央奈はパッと一部だけ目を通して、拾いながらそれとなく仕分けておく。

「あれ……これって三ヶ山さんから？　こっちは煙川さんからだわ」

二枚の書類はメールの文面を印刷したもので、送り主はどちらも玲央奈が知った名前だった。

勝手に内容まで読むのはマナー違反だとわかっていたが、ついつい読んでしまう。

【天野さん

先日は、うちの迷子の化け猫を見つけてくれてありがとう。

おかげ様であの子は元気にやっています。

天野さんから報酬にと頼まれた、お探しのあやかしに関する情報提供の件だけど、化け猫たちからの目撃情報をまとめました。データは添付しておくわね。パソコンなんてあまり使わないから、不備があったらごめんなさい。

最新の情報だと、ちょうど今はそのあやかしは、天野さんたちがお住まいの地域にいるかもしれないわ。

どうか気をつけて。

また今度、お嫁さんも連れて遊びに来てね。特に迷子だったあの子が、お嫁さんに会いたそうなの。

猫たちと待っています。

三ヶ山】

【天野のダンナへ
この前は友里恵との仲を取り持ってくれてマジで助かった。あれから俺ら、もう籍を入れたんだぜ。

まだ先だが式も挙げるかもしんねぇ。

嬢ちゃんとダンナには感謝してもしきれねぇぜ。

それでダンナが探しているあやかしだが、俺の住んでいる繁華街近くに出たあやかしと、やっぱり同一の可能性が高そうだな。

それらしいものを見たって目撃者のリストと、被害者のリスト、両方一応送っとくぜ。好きに使ってくれ。

あんたらには世話になったから、またいつでも連絡くれよ。

俺にできることなら力になるからよ、探偵料はもちろんなしでな。

煙川】

玲央奈はまず、三ヶ山も煙川も、依頼の一件からそれぞれ問題なくやれているようで、そこに胸がじんわり温かくなった。自分が多少なりとも尽力したことで、こうして実を結ぶものがあったのだと実感できるのは喜ばしい。

ただ、天野が彼等に要求した『報酬』がなんだったのか、思わぬ形で知ってしまったことにはちょっと気まずくなる。

（清彦さんはずっと、十年前に自分が逃がしてしまったあやかしを、『守り火の会』の依頼を通して情報集めをしつつ探していた……ってことよね）

そのあやかしを今度こそ封じて、雪辱を果たすために。

それが彼の『目的』なのか。

だがそれだけではない気も玲央奈はしていた。

「ん……」

「き、清彦さんっ？」

天野の肩が震えて、玲央奈は起きたのかとギクリと体を強張らせる。

だが起きかけただけで、彼は再び眠りに入る。

子供な天野は稲荷の言ったように、本当によく寝る。そしてその寝顔はどこまでも無垢で清らかだ。

玲央奈は毒気を抜かれて、書類をテーブルに戻した。ソファの隅に折り畳まれていたブランケットを、天野の丸まった体にかけてやる。

「考えてもわからないし……ご飯でも作ろうかしら」

本日の献立は酢豚をメインに、キュウリとダイコンの胡麻ドレッシング和えを添えて、ワンタンスープもつけるつもりだ。

酢豚は天野がパイナップルを入れる派らしいので、玲央奈は今まで入れたことがなかったが、これを機に挑戦したくて缶詰のパイナップルを買ってきている。

だが料理の前に、ソファに放ったコートやバッグを片付けなくては。

「ん？　あれ……？」

コートを手に取ったところで玲央奈はあることに気付いた。

「ない……」

——コートのポケットに入れてあった、お守りが見つからない。

朝に天野と持ち物チェックをしたし、会社を出る前も触って確かにここにあったはずだ。

だがいくら漁ってもない現実に変わりはなく、玲央奈の額に汗が浮かぶ。

「な、なんで……どこで……あっ！」

必死に己の行動を辿り、心当たりがひとつ。

玲央奈は公園前で暑くなってコートを脱いだ。そのときに誤って、ポケットから落ちたに違いない。

そうとわかれば、一秒でも早く探しに行く必要がある。

あのお守りは玲央奈にとって、あやかし避けの効果など関係なく、母の玲香の形見であり、オババさまから話を聞いた後では、父の竜也と家族のつながりを感じさせるかけがえのない物だ。

絶対に失くせない。

「あっ、出掛けることは伝えとかなきゃ！」

一も二もなく飛び出しかけたが、過保護な天野に余計な心配はかけないようにメモだけは残しておく。

【お守りを公園のところで落としたようなので探しに行ってきます。玲央奈】

それだけ仕事用の付箋に綴って、パソコンのディスプレイに貼った。できれば心配性の天野が起きてこのメモを見る前に、お守りを無事に回収して帰ってきたいところだ。

念のため、ショルダーバッグは持って公園を目指す。

外は茜空に夜の闇がドロリと溶けて、赤と紫が毒々しいコントラストを描いていた。地上ごとたやすく呑み込んでしまいそうだ。

そんな空の下を、玲央奈は全速力で走る。

心が体を急かして公園にはすぐ着いた。

「お守りはどこ……!?」

きょろきょろと辺りを見渡す。

ここになかったら、会社までの道のりを今からでも探し歩くつもりだった。

だが幸いなことに、求めていた赤い巾着袋のお守りは、公園の入り口前に立つ銀のポールの傍に、所在なさげにポツリと落ちていた。

「あった……！」

玲央奈はそれを手にし、ぎゅっと胸に抱く。

無事に手元に返ってきたことに、心から安堵した。

「早く帰らないと……ん？」

お守りさえ見つかったなら、もう外にいる意味はない。

二度とこんな軽率なミスをしないように自戒しながら、お守りはバッグに大切に仕舞い、玲央奈は天野が待つ家に帰ろうとした。

そのときだ。

「子供……？」

砂場の真ん中に蹲《うずくま》っている、幼い人影を視界に留めた。

子鬼バージョンの天野と同じ五歳くらいの年頃で、白いワンピースを着ているため女の子だろう。

頼りない様子は泣いているみたいだ。

（まさか、缶蹴りをしていた子供たちの仲間……？）

女の子はいなかった気がするが、缶蹴りで隠れている途中で、解散になって置いていかれたとか……なんて、玲央奈は想像を働かせる。

　どちらにせよ、もうじき完全な夜になるのに、子供をひとり放置なんてしておけない。

　玲央奈は少女に近付いて声をかけた。

「大丈夫？　なにかあったの？　もう帰らないと危ないし、私が家まで送ろうか？」

「お姉ちゃん……そう、ね」

「え？」

　少女がゆっくり顔を上げる。

　べったり顔に張り付く長い髪。

　生気が感じられないほど青白い肌。

　落ち窪んだ目は暗澹《あんたん》としていた。真っ赤な唇は引き裂かれたように、歪な三日月を描いて笑っている。

「──お姉ちゃん、オイシソウネ」

　ゾワッと、玲央奈の全身の毛が逆立った。

　今まで沈黙を保っていた首裏の痣が、ここにきて急にかつてないほどズキズキとした痛みを訴えてくる。

　この少女は人間じゃない……！

おそらく、天野が追っている例のあやかしだ。

人間のフリをするとは聞いていたが、上手く気配を誤魔化していて、それに玲央奈はまんまと騙されたようだ。

離れようとするが間に合わず、ガシリと少女に片腕を掴まれる。

子供の力ではない。

振りほどけない。

「は、離して！」

「ああ、とってもおいしそうおいしそうオイシソウ……」

少女の輪郭がドロドロと崩れて膨れ上がり、目と口だけがついた、黒い汚泥の塊へと変わる。ギョロギョロと動く血走った双眼。パカリと開く大きな口からは、耳障りなザラついた音が這い出て、狂ったように「オイシソウ」と唱えている。

玲央奈の片腕は汚泥に呑まれた状態だ。

このままではこの黒いあやかしに喰われてしまう。

……だが玲央奈とて、伊達に長年あやかしたちと渡り合ってきたわけではなかった。

「喰われて堪るものですか……！」

動く方の腕でバッグを漁り、取り出したのは雲外鏡の鏡だ。

その鏡面を黒いあやかしに向ける。

カッと光った白い光に、あやかしは「ギャアッ！」と悲鳴を上げて飛び退いた。

片腕を解放された玲央奈は、砂場から抜け出して公園の出口へ走る。後ろからはまだ黒いあやかしが「ニガサナイニガサナイ」と追ってくる。

鏡を使って一時的にはね除けることはできても、封印するまでには至らなかったらしい。

とにかく逃げなくてはいけない。

「あっ！」

だがあと一歩で公園から出られるというところで、玲央奈の片足に汚泥が絡み付いた。バランスを崩して無様に転倒し、地面に擦れた頬から血が滲む。

鏡も手放してしまい、カラカラとコンクリートの道路まで飛ばされた。

「ツカマエタ、ツカマエタ」

「や、やだ」

抵抗しようにも、遅れて爆発した恐怖が手足を縛ってろくに動けない。ズル……ズル……と、玲央奈の体は黒いあやかしの汚泥の中へと引き摺《ず》られていく。

赤紫色の空が視界を掠めた。

夜に消え行く赤は、一日の終わりに一際鮮やかな色を放っている。

だが場違いにも、玲央奈はその赤よりも「清彦さんの赤い瞳の方が綺麗だな」なんて思った。

「助けて……」

砂を噛んだ唇を開く。

「助けて…」

手を伸ばして、彼を呼ぶ。

「助けて……清彦さん……！」

──カツンと、答えるように靴音が響いた。

それはいつかお見合いに行く途中、別のあやかしに襲われたときに、玲央奈が聞いた音と同じだ。

黒いあやかしの動きがピタリと止まる。

玲央奈が土と血で汚れたぐちゃぐちゃな顔を上げれば、急いで身に着けたのだろう、よれた白シャツとスラックス姿で、青みがかった黒髪を乱し、道路に立つ大人の姿に戻った天野がいた。

赤い瞳は怒りに燃えている。端正な顔は恐ろしいほど無表情だ。

「おい」

ビクッと、天野が一言発しただけで、後ろのあやかしが臆したのが玲央奈にもわかった。

天野は回復した己の妖力のすべてを持って、黒いあやかしを威圧している。

「俺の嫁に触るな。離れろ」

靴音が玲央奈たちの元に近づいてくる。

「聞こえなかったのか？　離れろ」

「グ、グググ」

「もう一度だけ言う——離れろ」

黒いあやかしは悔しそうに唸っていたが、やがて掴まれていた玲央奈の足首から圧迫感が消える。

だが逆上したあやかしは、苦し紛れに狙いを変えたようだ。ギョロついた目を爛々《らんらん》と光らせて天野に襲いかかる。

「危ない……！」

地面に突っ伏したまま玲央奈は叫ぶが、天野は片手で難なく黒い塊をなぎ払うと、硬い靴裏でソイツを踏みつけにした。

その荒々しさに玲央奈は目を剥く。

普段のスマートな天野からはかけ離れた振る舞いだ。

それほどまでに……天野は過去最高に、現在進行形でぶちギレていた。

「こちらは十年前とは違う。残念だったな」

天野の手にはいつ拾ったのか、玲央奈が手放した鏡が握られている。

「……お前だけは許すことはできない。玲央奈を苦しませて傷つけた報い、受けてもらうぞ」

鏡面に全貌を映し出された黒いあやかしが、悲鳴を漏らす暇さえ与えられず、あっという間に鏡の中へと吸い込まれていく。

漂う残滓《ざんし》も、やがて跡形もなく霧散した。

公園内はシンと静まり返り、ブランコが揺れる微かな音だけがする。

「清彦、さん……」

「っ！　大丈夫か、玲央奈！」

一拍置いて、弾かれたように天野が玲央奈の傍に駆け寄った。

その瞳は赤いままだが、鬼を超えて鬼神《きしん》と化していたオーラは引っ込んでおり、玲央奈はここでやっと緊張が解けた。

正直、先ほどまで黒いあやかしと対峙していた天野は、その当のあやかしより遙かに怖かったのだ。

上半身だけ起こした玲央奈を、天野は地面に膝をついてかき抱く。

「すまない……！　俺が遅れたばかりに、こんな目に遭わせてしまった」

「私がお守りを落としたせいですから。清彦さんのせいじゃありませんよ。……それより、戻れたんですね」

こんな状況だからか、天野の腕の中にいることに照れより安心感が勝って、玲央奈は彼の胸に大人しく体を預けた。

砂まみれだろう頭を撫でてくれる、大きな手が心地いい。

「パソコンの前で起きたら体に異変を感じてな。大人に戻ってから君のメモを見て、嫌な予感がして家を飛び出したんだ。迎えに来て正解だった」

「十年前の決着も、これでつけられましたか……？」

「……ユウから聞いたんだな」

コクリ、と玲央奈が首肯すると、赤い瞳が炎のように瞬いた。

（やっぱり清彦さんは……）

天野のこの瞳を、こんなに間近で初めて覗き込んで、玲央奈はやっと自分の『仮説』に最後の確信を得た。

だけど今はそんなことより、天野の表情に意識が奪われる。

微笑む天野がなぜかとても寂しそうなのだ。

（これで全部片付いたはずなのに、どうしてそんな顔をするの……？）

体のあちこちが痛かったが、そんな痛みなんて忘れるほど胸がぎゅうぎゅうと締め付けられて、玲央奈は無意識に天野の頬に手を伸ばした。天野は瞳を閉じてその手に顔を寄せる。

まるで縋るような彼の仕草に、玲央奈は無性に泣きたくなった。

次いで、多大な疲労感と睡魔がやってくる。

「清彦、さん……あ、の」

「眠っていい。後は俺がなんとかしておく。君が次に起きたらすべて話すさ。そうしたら、玲央奈とは……」

天野の長い指先が、玲央奈の首裏をやんわりとなぞった。そこは呪いの痣があるところだ。

彼がポツリと呟いた言葉の真意が気になって、今すぐ問い質したいのに。

玲央奈の意識は沈んでいく。

私と「さよならだ」、なんて。

お決まりのウソですよね、旦那さま。

フッと意識を浮上させて、玲央奈の視界に真っ先に入り込んだのは、見慣れたクリーム色の天井だった。

ここは天野と住んでいるマンションの、玲央奈に与えられた寝室だ。

(私は公園で黒いあやかしに襲われて……清彦さんが助けてくれたあとに、気を失ってしまったのね)

ベッドの上で体を起こして、額を押さえながら状況を整理する。

チラッとベッドボードに置いた時計を見れば、夜の十時。けっこうな時間を熟睡していたようだ。

頬や腕にはガーゼが貼られていて、転倒した際に作った擦り傷を天野が手当てしてくれたのだろう。いつかの化け猫のときとは逆だ。砂汚れも綺麗に拭かれており、服もオフィス服から部屋着に着替えさせられていて……。

「って、え!? 着替え!?」

玲央奈は事の重大さに気付き、悲鳴に近い大声をあげた。

(それってつまり、清彦さんが私を、ぬ、脱がせて……!?)

そういう方面にはとことん初心な玲央奈はプチパニックに陥る。赤くなったり青くなったり信号機のようになっていたら、コンコンと寝室のドアがノックされた。

噂をすれば天野の登場だ。

「おい、玲央奈? 起きたのか? なにか叫び声が聞こえたが大丈夫か?」

「は、はい！」

「入ってもいいか？」

「ど、どうぞ」

ガチャリとドアを開けて入ってきた天野は、片手にトレイを携えていた。ペットボトルの水と、不格好に切られた桃が乗っている。

天野は「失礼するぞ」と一声かけると、トレイを玲央奈に手渡してベッドの端に腰かけた。

とても彼の顔など見られず、玲央奈は平静を保つのでいっぱいいっぱいだ。

「体の調子はどうだ？」

「それは問題ありませんが……あの、わ、私の着替えって……」

「ああ、俺が寝ている君を着替えさせた」

「やっぱりそうですよね……！」

「と、言いたいところだが、残念ながらそれはウソだ」

「へっ」

玲央奈の喉から間抜けな声がこぼれた。

「手当てしたのは俺だが、着替えさせたのは雲外鏡のマダムだ。実はさっきまでここに居たんだ。飛行機の時間とかでもう地元に帰られたがな。その桃も来る途中で買ったらしいマダムからの手土産だ。食べてみろ、おいしいぞ」

　促されて、玲央奈はフォークで桃を突き刺しひと齧り。

　切ったのは包丁を持つと途端に不器用になる天野だろうから、形は悲惨だが、桃は瑞々しくて渇いた喉を果実で潤してくれた。

「旨いだろう」

「おいしい、ですけど。なんでその方が……？」

「マダムは一昨日から、あやかし退治に勤しむ俺やユウのことを心配して、様子を見にこちらにいらしてたんだ。黒いあやかしを封じた鏡も早急に渡したかったし、連絡すれば空港に行く前に快く寄ってくれてな。君も俺より、着替え等は同じ女性に頼んだ方がいいだろう？」

　玲央奈は天野の紳士的な気遣いに心から感謝した。噂のマダムにはいつかお礼を述べたいところだ。

「マダムには他にも頼み事をしていてな……封じたあやかしに、命じてほしいことがあると。マダムは鏡の中に閉じ込めたあやかしを使役《しえき》して、言うことをきかせることもできるんだ」

「な、なんだか、すごいですね。半妖の中でも相当の実力者なんですか？」

「前情報なしに会わせて驚かすつもりだったが、マダムはオババさまの双子の姉だ。

顔も瓜二つだぞ」

「お姉さんなんですか……！」

オババさまが玲央奈に語ってくれた、力の強い半妖の姉がマダムだったとは。

ちなみにオババさまは『オババさま』と呼ばないと怒るが、マダムは『マダム』と呼ばないと怒るらしい。

妙なこだわりはさすが双子である。

「でも、封じたあやかしになにを……」

「――君の呪いを解くように命じてもらう」

天野はサラッと答えたが、玲央奈は息を呑んだ。

反射的にガーゼの貼られた腕を首裏にやる。そこにはまだ痣があった。忌々しい呪いの痕跡。

（これが、消える？）

「それは……あのあやかしが十年前の私に呪いをかけたやつで……しかも清彦さんたちが逃がした相手と同じで……。清彦さんは、依頼を通して情報を集めながらソイツをずっと追っていて……」

玲央奈は声を震わせながらも、ようやくその問いを本人にぶつける。

「その『目的』は、私の呪いを解くためですか？　あのとき……私が庇った子供は、清彦さんなんですね？」

　特に動揺することもなく、天野は「そうだ」と肯定する。

　体を酷使させてまで、天野はずっとひたむきにあのあやかしを追っていた。お見合いの席では『片手間に呪いをかけたあやかしを見つけてやらないこともない』みたいな、天邪鬼らしいことを言っていたくせに。

　すべては玲央奈のため。

　そして十年前の真夏の森の中で、ふたりは一度会っていた。

「すべて話すと言ったからな、ウソは抜きで潔く話そう。……ユウからどこまで聞いたかは知らないが、十年前に俺は己の失態で君を巻き込んだ。あの森で君が気絶したあと、すぐにユウが鏡を持ってきて、あやかしは引き際だと思ったのかあっさりと逃げた。君の友人らしき声も近くで聞こえたから、彼等に君を託す形で、俺たちはあやかしの方を追ったが捕まえられなかった。その時点で俺は……君が呪いを受けたことには気付かなかった」

　呪いは遅れて効果が現れるタイプだった。子鬼バージョンになっていた天野が気付けなくとも無理はない。

「それでもずっと君のことが気がかりで……。単にその後の身を案じる気持ちとは別に、俺は君の目が忘れられなかった」

「目、ですか?」

「あのとき君は、見知らぬ子供である俺を、なんの迷いもなく身を呈して庇った。顔は暗がりでぼんやりとしか見えなかったが、俺を守ろうとする君の強い瞳だけは、いつまでたっても頭から離れなくてな」

それは、玲央奈も同じだ。

子供の顔は一切覚えていなかったが、綺麗な赤い瞳だけは頭に焼き付いていた。まさか天野があの子供だとは思わなくて、気付くのは遅れてしまったが。

「君を探そうにも当時の俺は学生で、住んでいる場所もこちらではなかったから、見つけるのは容易なことではなかった。だが数年経っても忘れられず……一縷《いちる》の望みを持って、職場はこちらの会社を選んだんだ。そうしたら、君ともう一度出会えた。陳腐な言葉をあえて選ぶなら『運命』だなんて思ったんだよ」

『玲央奈さんと清彦は、深い縁で繋がっているのかもしれないわね。もっとロマンチックに言うなら、運命のお相手といったところかしら』

そんなふうに、玲央奈たちのことを称したのはオババさまだったか。

しかし玲央奈からすれば、『運命』なんてただの『偶然』に別の名前をつけたに過ぎない。

その人が偶然を運命だと思いたいから、それは運命になるのだ。

天野がそう思うなら、玲央奈もそれでよかった。

「会社で君と初めて対面したとき、すぐに十年前のあの少女だとわかった。そこで呪いのことも同時にわかったんだ。しばらくはただの上司として、君の様子を観察していたが……君を知れば知るほど、ますます目が離せなくなって困った」

天野が玲央奈に、届かない月か星にでも焦がれるような、切なさを孕んだ眼差しを向ける。

すぐに逸らされたが、それは玲央奈が公園で見た寂しそうな微笑みと同種のものだ。向けられたこちらが苦しくなる。

「お守りの力で事なきを得ていたようだが、それも限界が近いことは、見ていたら察せられた。だからあのタイミングで見合いを仕組んだ。件のあやかしを捕まえて無事に呪いを解くまで、確実に俺が君を守れるように。俺側の『仮の結婚相手を求めている』という理由は、ウソではないがどちらでもよかったんだ」

「なんで……なんでそれを話してくれなかったんですか？　最初から話してくれていたら……！」

「話したら、君は俺を許すだろう？」

「許すもなにも、あれは清彦さんのせいじゃありません！」

過去のことを聞くに連れて、玲央奈は当時の情景が蘇《よみがえ》ってきていた。

十年前のあのとき。

子供の天野はあやかしに襲われかけながら、玲央奈に「逃げろ！」と叫んだ。だけど逃げずに、勝手に庇ったのは玲央奈だ。

天野は『巻き込んだ』と言ったが、玲央奈は自ら巻き込まれにいったのだ。

呪いを受けたのは玲央奈の責任。

天野が自責の念に駆られる必要はない。

少なくとも当人である玲央奈は、天野をこれっぽっちも責める気などなかった。

それなのに天野は「ほら、君ならそう言うと思ったから話せなかった」なんて眉を下げて笑っている。

「そんな思惑があって始まった君との生活だが、俺は楽しかった。帰ったら君がいてくれて、満たされた想いだった。君には不本意なことばかりだっただろうが……それもじきに最後だ。呪いさえ解けたら、いつでも俺との関係を解消してくれていい」

そこでやっと、玲央奈は公園で意識を失う直前に聞いた、天野の『さよならだ』の意味を理解した。

彼は玲央奈との、ウソの結婚相手という関係を終わりにしようとしている。

「呪いが無ければ、もうあやかしに狙われることはない。実家にも好きなタイミングで戻っていい。オババさまにもいずれバレることだったし、俺から説明しておく。玲央奈の思うようにしてくれ」

「こ、ここに来てそんな、放り出すようなこと……っ」

「放り出すなんてことは……ただ、君はこれ以上、俺との生活は嫌だろうと」

「嫌じゃありません！」

玲央奈は力一杯否定して、天野のシャツの裾を掴んだ。

前のめりになったせいで、桃はかろうじて無事だったが、膝上のトイレに乗っていたペットボトルがコロンとベッドに転がる。だがそんな些細なこと、今は気にしていられない。

「私だって、清彦さんとの生活は楽しかったです。天邪鬼なあなたに戸惑うこともありましたけど、料理を褒めてくれたり、依頼をふたりでこなしたり、水族館に行ったり……とても楽しかったです！」

「玲央奈……」

「私の思うようにしろというのなら、言わせてもらいます。私は……」

玲央奈はゴクリと喉を鳴らした。

これから口にするのは、玲央奈がずっと誤魔化して認めてこなかった己の本音だ。

天野もウソつきだが玲央奈もウソつきだった。

ずっと自分にウソをついていた。

だけどこの天邪鬼に玲央奈の気持ちをわからせるには、ウソ偽りのない本当のことを伝えなくては。

「私はこれからも——清彦さんの傍にいたいです」

呪いなんてなくたって、と小声で付け足す。

天野の瞳がユラリと揺らいだ。彼の瞳に映る玲央奈は、随分と必死な顔をしている。

「今のは本当か？」

長い指先が、玲央奈の頬に添えられた。

真偽を見極めようとしているのか、天野はその顔を玲央奈に近付け、読めないはずの玲央奈の心を読もうとしてくる。

早鐘を打つ心音は、もはやどちらのものかもわからない。

それほどまでに近く、唇さえ触れ合いそうな距離だ。それでも玲央奈は退かず、天野から目を逸らさなかった。

そして、シーツをぎゅっと握り締めて、天野の問いに答えようとしたところで……部屋中にプルルと着信音が響き渡る。

「……すまない、俺のスマホだ。ここで出てもいいか？」

「あ……はい」

なんともベタなタイミングでの横槍だ。

行き場を失った玲央奈の答えが空気に霧散する。

天野はスラックスのポケットからスマホを取り出すと、発信者を確認し、背筋を心なしか伸ばして「はい」と電話に出る。

「先ほどぶりですね。まさか、もう俺の頼みを実行してくれたんですか？　そもそも今は飛行機の中では……その時間にものすごく適当なところ、オババさまにまた注意されますよ。それで本題を……」

漏れ聞こえる天野とのやり取りから、相手はマダムのようだ。

内容はきっと呪いに関することなので、玲央奈は先ほどまでとはまた違った胸の鼓動の速まりを感じる。

そこで天野が「そんなはずは……！」と声を張り上げた。

「間違えるはずがありません。確かに十年前に対峙したやつだった。マダムはどうお考えで……ええ、はい。まさかそんなこと……」

会話は徐々に不穏になっていく。

玲央奈がおろおろと様子を見守っていたら、程なくして通話は終了した。天野があまりに深刻そうにしているので、聞くのは躊躇われたが、玲央奈は「どうしたんですか？」と思い切って尋ねてみる。

「非常に言い辛いことなんだが……どうやらあの黒いあやかしは、本体ではなかったらしい」

「本体じゃない……？」

どういう意味なのか。

玲央奈が言外に説明を求めると、天野はぐしゃりと髪をかきあげる。

「時間にルーズなマダムが、飛行機に乗る時間を間違えたようでな……空いた隙間にひとまず、鏡に閉じ込めたあやかしの様子を確認したそうだ。そうしたらソイツは、非常に稀有《けう》な力があるようで、自分の分身のようなものを作り出せるんだと。俺たちが捕まえたのは、ソイツの一部でしかないようだ」

「ということは、ええっと」

「本体を捕まえない限り……君の呪いを解くことはできない」

束の間、痛いほどの静寂が落ちる。

それから天野が、沈痛な面持ちで「ぬか喜びさせてすまない」と頭を下げようとするので、玲央奈は「だから清彦さんが謝らなくていいですってば！」と慌てて止めた。

そんなあやかしの特性なんて、捕まえてみなくてはわからないことだ。仕方ないことである。

それに自分でもゲンキンだなと思うが、あれほど消えてほしいと望んだ呪いが、今は消えずにあり続けることに、玲央奈は心の片隅でホッとしていた。

（これで清彦さんとの生活を、続けられる口実ができた……なんて）

先ほどの『傍にいたいです』発言は、なにやら有耶無耶になってしまったし、玲央奈とてそう何度も告げるのは羞恥が勝つ。

現段階のふたりが共にいるためには、まだ口実が必要だった。

……そう、今はまだ。

「それじゃあ、契約は続行ですよね……？　私は清彦さんの結婚相手のままですし、また襲ってくるあやかしたちから守ってくれるんですよね？」

「それは、そうだが……」

歯切れの悪い返答。

先ほどから殊勝な態度の天野に、玲央奈は「らしくありませんよ？」とわざと呆れてみせる。

「清彦さんはもっと人を食った言動で、ひねくれていて、常に不遜《ふそん》な天邪鬼でいてくれないと」

「……ひどい言い種だな。俺ほど素直で、誠実で、ウソが嫌いな公明正大《こうめいせいだい》を絵に描いた男はいないというのに」

「そうそう、その調子です」

ふふっと玲央奈は軽やかに笑う。

天野も調子を取り戻したようで、「やっぱり俺のお嫁さんは笑った方がいいな」と口角を上げた。ニヒルな笑い方が、天野には一番よく似合う。

「改めてこれからも……よろしくお願いするよ、俺のお嫁さん」

「こちらこそです、旦那さま」

先ほどし損ねたキスの代わりに、ベッドの上で、玲央奈と天野はコツンッと額を付き合わせた。

すべての問題が片付くまで、これがふたりなりの線引きだ。

ちなみにその間、玲央奈にとっては心の準備期間で、天野にとってはオアズケ期間になるわけだが、それは互いに知る由のないことである。

ウソつき夫婦が本当の夫婦になる日は、当分先になりそうだ。

エピローグ

ふんふんと、玲央奈は鼻歌を口遊《くちずさ》みながら、ご機嫌で白菜を一枚ずつ剥がしていた。

まな板の傍には、パックの豚バラ肉も用意されている。

今夜は白菜と豚バラ肉のミルフィーユ鍋だ。

最近は秋が深まり、夜は特にだんだんと寒くなってきたので、見栄えも抜群なポカポカあったかメニューである。

「清彦さん、早く帰って来ないかしら」

——黒いあやかしとの一件から、もう一週間とちょっと。

今回、周囲の心配をよそに相当の無理をした天野は、ついに稲荷とオババさまの双方から『しばらく依頼を受けるの禁止令』を出され、『守り火の会』の活動を強制的にお休みさせられている。

どちらにせよあの黒いあやかしは、一部とはいえ鏡に封印されたことで、しばらくは動かず身を潜めるだろうとの読みだ。

そのため天野は、ここ毎日は会社を定時上がりで即帰宅。玲央奈より先に帰っている日も多いくらいだった。

（おかげで、ついに清彦さんからの『おかえり』も聞けたわ）

剥がして洗い終えた白菜と、パックから出した豚バラ肉を交互に重ねて、手頃な大きさに切っていく。

天野の貴重な『おかえり』の声を思い出して、トントンと上下する包丁の音はどこまでも軽快だ。

ただ今日は、天野はちょっとだけ寄るところがあって帰宅が遅れている。

今は金曜日の夕方六時。それでもじきに帰ってくるだろうし、一時期とは比べものにならないほど早い。

（わざわざ高いケーキなんて、買ってこなくてもいいんだけどね）

天野の寄るところとはケーキ屋だ。しかもどこぞの有名店。

というのも、玲央奈がスケジュール帳を見返しながら『あのお見合いからもう六ヶ月近く経っていたんですね』と発言したことが原因だ。

桜舞う春から、紅葉の色付く秋。

玲央奈としては、その間にいろいろあったなあと、感慨深くなって独り言をこぼしただけなのだが、それを耳聡く拾った天野が『せっかくだしケーキでも買って祝うか？』などと言い出したのだ。

冗談だと解釈して乗り気な返事をしたら、見事に本気だったというわけである。

「お鍋はこれでオーケーね」

具材を敷き詰めた土鍋を見て、玲央奈はよしよしと頷く。

白菜の白と緑、豚バラ肉のピンクが綺麗に配置されて、鍋の中にはおいしそうな花が咲いていた。出汁も仕込みは完了。あとは天野が帰ったら加熱するだけだ。

（お祝いにふたりで鍋パーティーっていうのも悪くないわよね。メインはあくまで食後のケーキだけど）

エプロンを外しながらキッチンを出て、玲央奈はソファで「ふう」と一息。

珍しく朝からテンションが高めで、仕事も張り切っていつもの倍はこなしてきたので、疲れが今更出てだんだんと眠気がやってくる。

はしゃいでいるようで恥ずかしいが、玲央奈も天野とささやかなお祝いができるのを楽しみにしていたのだ。

なお余談だが、会社でも時折表情がゆるんでいた玲央奈は、男性社員たちの間で「今日の潮さん、なんか可愛いな」「いつもよりフワフワしていて近寄りやすいよな」「俺はもとから可愛いと思っていた」なんて噂になっていた。

それを聞いた天野が人知れず不機嫌になっていたことは、玲央奈本人はもちろん気付かず、稲荷だけが宥めるのに苦労したとかしないとか。

「う……ダメだわ……眠たい……」

ソファに凭《もた》れて、玲央奈はうつらうつらと船を漕ぎ始める。

天野が帰るまで待てそうになく、瞼は眠気に敵わなかった。

玲央奈が夢を見るとき。

それは大抵、母との在りし日の思い出の再現だ。

「お母さん、お父さんってどんな人だったの？」

「竜也さんのこと？」

幼い玲央奈が、玲香と並んで家の使い古した台所に立っている。

まだ呪いなんてものを受ける前、玲央奈が小学生くらいの頃だ。

この頃の玲央奈は、母の料理のお手伝いをし始めたばかりで、未知な物がたくさんある台所が一番お気に入りの場所だった。

玲香がニンジンをリズミカルに切る横で、台に乗った玲央奈が拙い手つきでジャガイモを剥く。

作っているのはカレーだ。

玲香が『潮家のカレー』として作る、隠し味にはヨーグルトを入れた、マイルドな味わいのチキンカレー。

「竜也さんは……そうねえ。ほんの少しだけ、普通の人とは違う人だったかしら」

「普通の人とは違う……？　それって、あやかしみたいってこと？」

「あやかし……ふふっ、すごいわ、玲央奈。大正解よ」

なにが正解なのか、幼い玲央奈にはいまひとつわからなかったが、褒められたのでよしとする。

「だけど、とっても優しい人でもあったわ。あやかしは怖い存在だけど、悪いものばかりでもないからね。もし竜也さんと同じ、『あやかしみたいな人』に玲央奈がこの先出会うことがあれば、目先のことにとらわれずその人自身を見るのよ。玲央奈ならきっと大丈夫でしょうけど」

「わかんないけど、わかった！」

「いい子だわ」

玲香がニンジンを切る手を止めて、玲央奈に慈しむような微笑みを向ける。玲央奈も屈託のない笑みを返した。

台所にそろうカレーの材料たち。

ピーっと鳴る炊飯器の音。

途切れない母子の会話。

それらが徐々に、フェードアウトしていく。

「お母さん……ん、あれ？」

玲香の輪郭がぼやけていき、やがて目の前の人物は、切れ長の瞳が特徴的な美丈夫へと変わる。

青みがかった黒髪が、視界の端で艶やかに揺れた。

そこで玲央奈はハッと覚醒する。

「清彦さん!?」

「ただいま、そしておはよう、俺のお嫁さん。君の『おかえりなさい』が聞けなくて寂しかったぞ」

いつの間にかリビングに現れた天野は、ソファの背の後ろに立ち、上から玲央奈の顔を覗き込んでいた。ネイビーのチェスターコートを着たままなので、たった今帰宅したばかりなのかもしれない。

玲央奈からすれば、寝起きで顔面国宝級な天野のドアップは刺激が強い。

ソファの上で狼狽える玲央奈に対し、天野は「君が寝落ちなんて珍しいな」なんておかしそうに笑っている。

「会社でも『今日の潮さんはいつもと違う』なんて囁かれていたぞ。玲央奈はもっといろいろ自覚すべきだな。君は警戒心が強いわりに隙があり過ぎる。俺はいつも振り回されてばかりだ」

「……どちらかというと、明らかに振り回されているのは私ですし、なんですか？　そのやけにトゲのある言い方は」

「気のせいだ」

「ウソですね、旦那さま。なにを拗ねているんですか」

「拗ねてなどいない」

「いや、だから……もういいですけど」

笑っていたかと思いきや、そこに拗ねた態度を交ぜてくるなど、掴めないにも程がある。天野の言動はたまに子鬼バージョンにならなくても子供っぽい。

……そういうところも、玲央奈は別に嫌いではないが。

「それで、ケーキは買ってきてくれたんですか？」

「ああ、ここにあるぞ。ほら」

「えっ！」

天野は隠し持っていたケーキの箱を持ち上げる。

その白い箱に描かれたおしゃれなロゴに、玲央奈は目を丸くした。

「これって、私が雑誌で見ていたお店……ですよね」

あれは四日ほど前の、天野との夕食後だったか。

玲央奈はリビングでなんとはなしに、天野が淹れてくれたコーヒーをすすりながら、文庫本と一緒に気まぐれで買った女性向け雑誌を開いていた。

以前までなら寝室でひとりで読んでいたところだが、玲央奈の前の席には天野の姿も当然のようにあった。

雑誌には『絶対食べたい！　噂の人気スイーツ店大集合！』という特集がされており、特に玲央奈が惹かれたのがチーズケーキ専門店だ。この店のこんがりバスク風に焼いたチーズケーキが巷《ちまた》では大評判らしい。

玲央奈はカップを傾ける天野に、「これおいしそうじゃないですか？」と軽い気持ちで雑誌を見せた。

ふたりは「店は遠いけど行けない距離じゃないな」「そうですね、機会があればそのうち食べてみたいです」「君はチーズケーキが好きなのか？」「ケーキの種類では一番好きです」なんて会話をした。

だがそれは、日常生活の中ですぐに淘汰《とうた》されそうな、とてもささやかな会話だったはずだ。

「まさか覚えていてくれたなんて……」

「玲央奈がなにかほしがることは滅多にないからな。お嫁さんを甘やかせる機会は逃さないさ」

「気を遣って頂かなくてもいいんですよ……？」

「俺がもっと、君に甘えてほしいんだよ」

そう囁く、天野の言葉と視線がすでに甘い。

まだケーキも食べていないのに玲央奈は胸焼けしそうだった。

「そ、そういうのはズルいです」

「そんな顔して、ズルいのは君だろう」

どんな顔をしているかなんて、玲央奈本人にはわからなかったが、きっとひどく情けない顔をしているのだろう。

頬を染めて俯く玲央奈に、天野はやれやれといったふうに肩を竦める。

「本当にもっと隙をなくさないと、悪い天邪鬼に手を出されるぞ」

なんて嘯いて、天野はケーキを冷蔵庫に入れに行くため、ゆっくりソファを離れようとする。

しかしながらその物言いには、さしもの玲央奈もカチンときた。

(そんなこと言って、自分から絶対に手なんか出さないくせに)

ふつふつと悔しい気持ちが沸き上がる。

なにか意趣《いしゅ》返しでもしてやらないと気が済まなかった。

玲央奈はかつてない俊敏な動きでくるりと体を反転させると、今にも遠退こうとする天野のスーツの裾を、ソファの背に身を乗り出してギリギリで掴んだ。

天野が「玲央奈?」と驚いて振り向く。

咄嗟の反応でもケーキが傾いてないのはさすがだ。だけどその余裕っぷりを、玲央奈は崩してやりたかった。

「……いいですよ？」

「なにが……」

「だから、清彦さんになら手を出されても」

――別に私はいいですよ？

臆面もなく、はっきりと宣言してやる。

すると玲央奈の意図を正しく汲み取った天野は、瞳を見開いて「は」と固まった。

こんなポカンとした彼の表情は、なかなか拝めないだろう。

（してやったり）

玲央奈は内心でそうほくそ笑み、パッとスーツの裾から手を離す。

「なんて……」

そしてとびっきりの、いつかのお見合いの日に咲き誇っていた満開の桜のように、晴れやかな笑顔を浮かべて言ってやった。

「ウソですよ、旦那さま」

心の中で「今はまだ」とつけ足して、玲央奈はさっさとソファから立ち上がる。

旦那さまがどんな反応を寄越してきたかは、それはまた別の話だ。

ウソつき夫婦が本当の夫婦になる日は、当分先になりそう……というのは、ここで訂正。
本当の夫婦になる日は存外、そう遠くないかもしれない。

おわり

あとがき

こんにちは、編乃 肌と申します。

この度は本書をお手に取って頂き、心よりお礼申し上げます。

前作、『週末カフェで猫とハーブティーを』は、爽やかなカフェで爽やかな大人の恋愛を……というテーマでしたが、今回は一転してひねくれていて、面倒くさいふたりの恋愛事情を描いてみました。

実は恋愛をメインにした作品をガッツリ書くのは久しぶりで、執筆中は手探りなところが多かったです。

ただ作品の構想が浮かぶきっかけになった、冒頭にもある「愛しているよ、俺のお嫁さん」「ウソですね、旦那さま」というやり取り。これがすごくお気に入りだったので、悩んだときはこの台詞に立ち返っていました。

天野の『本物の天邪鬼』という設定も気に入っています。作者の私の中では、玲央奈もわかりにくいですが、けっこう素直じゃない天邪鬼なところがあるので、案外お似合いのふたりかな？ と。

このふたりの関係に、少しでもキュンとしてもらえたら嬉しいです。あとはもっと半妖さんたちを出したかった！

子鬼バージョンの天野も、ちまちま動く姿をいつかまたいっぱい書けたらいいなあと思います。


最後に。カバーイラストを手掛けてくださった漣ミサ先生、一目見た瞬間にキャラのイメージがピタリとハマって、可愛い！　カッコいい！　すごい！　と大興奮でした。担当の飯塚様、スターツ出版文庫編集部の皆様には、構想の段階から最後まで大変お世話になりました。おかげで素敵な本にして頂けました。支えてくれた友人、家族、作家仲間の皆様にも感謝が尽きません。

そして読者様にありったけの感謝を。いつも読者様に支えられて生きています。これはウソじゃないです！

本当にありがとうございました。

どこかでまたお会いできますように。

二〇二〇年三月　編乃肌

この物語はフィクションです。実在の人物、団体等とは一切関係がありません。

編乃 肌先生へのファンレターのあて先
〒104-0031　東京都中央区京橋1-3-1　八重洲口大栄ビル7F
スターツ出版（株）書籍編集部 気付
編乃 肌先生

ウソつき夫婦のあやかし婚姻事情
～旦那さまは最強の天邪鬼!?～

2020年3月28日　初版第1刷発行
2020年7月9日　　　　第2刷発行

著　者　　編乃 肌 ©Hada Amino 2020

発 行 人　菊地修一
デザイン　フォーマット　西村弘美
　　　　　カバー　おおの蛍（ムシカゴグラフィクス）
発 行 所　スターツ出版株式会社
〒104-0031
東京都中央区京橋1-3-1　八重洲口大栄ビル7F
出版マーケティンググループ　TEL 03-6202-0386
（ご注文等に関するお問い合わせ）
URL　https://starts-pub.jp/
印 刷 所　大日本印刷株式会社

Printed in Japan

乱丁・落丁などの不良品はお取り替えいたします。上記出版マーケティンググループまでお問い合わせください。

本書を無断で複写することは、著作権法により禁じられています。

定価はカバーに記載されています。

ISBN　978-4-8137-0877-3　C0193

スターツ出版文庫　好評発売中!!

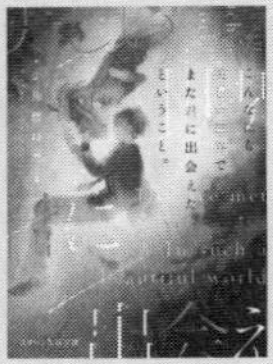

『こんなにも美しい世界で、また君に出会えたということ。』小鳥居《ことりい》ほたる・著

冴えない日々を送る僕・朝陽の前に現れた東雲詩乃という少女。「お礼をしたくて会いにきたの」と言う彼女を朝陽は思い出せずにいた。“時間がない”と切迫した詩乃の真意を探るべく、彼女を匿うことにした朝陽は、時に明るく、時に根暗な詩乃の二面性に違和感を覚えはじめ…。詩乃が抱える秘密が明かされる時、朝陽と彼女たちの運命が動き出す――。「バイバイ、朝陽くん……」切なく瑞々しい恋物語の名手・小鳥居ほたるが贈る、不思議な三角関係恋物語。

ISBN978-4-8137-0852-0 ／ 定価：本体590円＋税

『化け神さん家のお嫁ごはん』忍丸《しのぶまる》・著

両親の他界で天涯孤独となった真宵。定食屋の看板娘だった彼女は、明日をも知れない状況に、両親が遺した“縁談”を受けることに。しかし相手は幽世の化け神様で!?　朧と名乗る彼は、その恐ろしい見た目故に孤独で生きてきた神様だった。けれど、怯えながらも『愛妻ごはん』をつくる真宵が小さな火傷を負えば朧は慌てふためき、発熱しては側にいてくれたりと、かなり過保護な様子。朧の不器用なギャップに心惹かれていく真宵だが、夫婦にとある試練が訪れて…。

ISBN978-4-8137-0853-7 ／ 定価：本体620円＋税

『彩堂かすみの謎解きフィルム』騎月孝弘《きづきたかひろ》・著

『わたし、支配人ですから』――街の小さな映画館を営む美女・かすみさん。突然無職になった呼人は、清楚な出で立ちの彼女に誘われ『名画座オリオン』で働くことになる。普段はおっとりした性格の彼女だけど、映画のことになるとたちまち豹変!?　映画とお客さんにまつわる秘密を、興奮まじりで饒舌に解き明かし、それはまるで名探偵のよう。映画館に持ち込まれる日常の謎を解かずにはいられないかすみさんに、呼人は今日も振り回されて…。

ISBN978-4-8137-0855-1 ／ 定価：本体630円＋税

『真夜中の植物レストラン～幸せを呼ぶジェノベーゼパスタ～』春田《はるた》モカ・著

同じ会社に勤めるエリートSE・草壁の家に、ひょんなことからお邪魔する羽目になった大食いOLの菜乃。無口なイケメン・草壁の自宅は、なんと植物園のごとく草花で溢れかえっていた。「祖母が経営してた花屋をそのまんまレストランにした」という草壁は、野草や野菜を使った絶品料理を作り、隣のアパートの住人をお客として巻き込んで、毎週金曜の深夜だけ植物レストランを開いていたのだ。お手伝いで働くことになった菜乃は草壁と接するうちに、特別な感情が生まれてきて…。

ISBN978-4-8137-0856-8 ／ 定価：本体580円＋税

スターツ出版文庫　好評発売中!!

『こころ食堂のおもいで御飯～あったかお鍋は幸せの味～』栗栖《くりす》ひよ子・著

結が『こころ食堂』で働き始めてはや半年。“おまかせ”の裏メニューにも慣れてきた頃、まごころ通りのみんなに感謝を込めて“芋煮会”が開催される。新しく開店したケーキ屋の店主・四葉が仲間入りし、さらに賑やかになった商店街。食堂には本日もワケありのお客様がやってくる。給食を食べない転校生に、想いがすれ違う親子、そしてついにミャオちゃんの秘密も明らかに…⁉　年越しにバレンタインと、結と一心の距離にも徐々に変化が訪れて…。

ISBN978-4-8137-0834-6 ／ 定価：本体630円＋税

『一瞬を生きる君を、僕は永遠に忘れない。』冬野《ふゆの》夜空《よぞら》・著

「君を、私の専属カメラマンに任命します！」クラスの人気者・香織の一言で、輝彦の穏やかな日常は終わりを告げた。突如始まった撮影生活は、自由奔放な香織に振り回されっぱなし。しかしある時、彼女が明るい笑顔の裏で、重い病と闘っていると知り…。「僕は、本当の君を撮りたい」輝彦はある決意を胸に、香織を撮り続ける――。苦しくて、切なくて、でも人生で一番輝いていた２カ月間。２人の想いが胸を締め付ける、究極の純愛ストーリー！

ISBN978-4-8137-0831-5 ／ 定価：本体610円＋税

『八月、ぼくらの後悔にさよならを』小谷《こたに》杏子《きょうこ》・著

「もしかして視えてる？」――孤独でやる気のない高２の真彩。過去の事故がきっかけで幽霊が見えるようになってしまった。そんな彼女が出会った“幽霊くん”ことサトル。まるで生きているように元気な彼に「死んだ理由を探してもらいたいんだ」と頼まれる。記憶を失い成仏できないサトルに振り回されるうち、ふたりの過去に隠された“ある秘密”が明らかになり…。彼らが辿る運命に一気読み必至！「第４回スターツ出版文庫大賞」優秀賞受賞作。

ISBN978-4-8137-0832-2 ／ 定価：本体600円＋税

『その終末に君はいない。』天沢《あまさわ》夏月《なつき》・著

高２の夏、親友の和佳と共に交通事故に遭った伊織。病院で目覚めるも、なぜか体は和佳の姿。事故直前で入れ替わり、伊織は和佳として助かり、和佳の姿になった伊織は死んでいた……。混乱の中で始まった伊織の、“和佳”としての生活。密かに憧れを抱いていた和佳の体、片想いしていた和佳の恋人の秀を手に入れ、和佳として生きるのも悪くない――そう思い始めた矢先、入れ替わりを見抜いたある人物が現れ、その希望はうち砕かれる……。ふたりの魂が入れ替わった意味とは？　真実を知った伊織は生きるか否かの選択を迫られ――。

ISBN978-4-8137-0833-9 ／ 定価：本体630円＋税

スターツ出版文庫　好評発売中!!

『かりそめ夫婦はじめました』　菊《きく》川《かわ》あすか・著

彼氏ナシ職ナシのお疲れ女子・衣都。定職につけず、唯一の肉親・祖父には「結婚して安心させてくれ」と言われる日々。ある日、お客様の“ご縁”を結ぶ不思議な喫茶店で、癒し系のイケメン店主・響介に出会う。三十歳までに結婚しないと縁結びの力を失ってしまう彼と、崖っぷちの衣都。気づけば「結婚しませんか⁉」と衣都から逆プロポーズ！　利害の一致で“かりそめ夫婦”になったふたりだが、お客様のご縁を結ぶうち、少しずつ互いを意識するようになって…。

ISBN978-4-8137-0803-2 ／ 定価：本体600円＋税

『明日の君が、きっと泣くから。』　葦《あし》永《なが》 青《あお》・著

「あなたが死ぬ日付は、７日後です」
──突如現れた死神に余命宣告された渚。自暴自棄になり自殺を図るが同級生の女子・帆波に止められる。不愛想で凛とした彼女は、渚が想いを寄せる“笑わない幼馴染”。昔はよく笑っていたが、いつしか笑顔が消えてしまったのだ。「最後にあいつの笑った顔が見たい…」帆波に笑顔を取り戻すべく、渚は残りの時間を生きることを決意して…。刻一刻と迫る渚の命の期日。迎えた最終日、ふたりに訪れる奇跡の結末とは……⁉

ISBN978-4-8137-0804-9 ／ 定価：本体610円＋税

『天国までの49日間～アナザーストーリー～』　櫻《さくら》井《い》千《ち》姫《ひめ》・著

高二の芹澤心菜は、東高のボス、不良で名高い及川聖と付き合っていた。ある日一緒にいたふたりは覆面の男に襲われ、聖だけが命を落としてしまう。死後の世界で聖の前に現れたのは、天国に行くか地獄に行くか、49日の間に自分で決めるようにと告げる天使だった。自分を殺した犯人を突き止めるため、幽霊の姿で現世に戻る聖。一方、聖を失った心菜も、榊という少年と共に犯人を探し始めるが──。聖の死の真相に驚愕、ふたりが迎える感動のラストに落涙必至！

ISBN978-4-8137-0806-3 ／ 定価：本体660円＋税

『あやかし宿の幸せご飯～もふもふの旦那さまに嫁入りします～』　朝《あさ》比《ひ》奈《な》希《き》夜《よ》・著

唯一の身内だった祖母を亡くし、天涯孤独となった高校生の彩葉。残されたのは祖母が営んでいた小料理屋だけ。そんなある日、謎のあやかしに襲われたところを、白蓮と名乗るひとりの美しい男に助けられる。彼は九尾の妖狐──幽世の頂点に立つあやかしで、彩葉の前世の夫だった⁉「俺の嫁になれ。そうすれば守ってやる」──。突然の求婚に戸惑いながらも、白蓮の営むあやかしの宿で暮らすことになる彩葉。得意の料理であやかしたちの心を癒していくが…。

ISBN978-4-8137-0807-0 ／ 定価：本体600円＋税

スターツ出版文庫　好評発売中!!

『婚約破棄されたので、異世界で温泉宿始めます』吉澤《よしざわ》紗矢《さや》・著

妹に婚約者を奪われ、婚約破棄を言い渡された貴族令嬢のエリカ。しかし同時に、温泉好きのOLだった前世の記憶が蘇る。家に居場所がなくなり、さびれた村でひっそり暮らしていたエリカだったが、その村も財源の危機に陥り、村興しのため一念発起。前世の知識を活かし、みんなが癒される温泉宿を作ることに！旅の途中だという謎の美青年・ライも加わり、旅館風の露天風呂付き温泉宿と名物料理を完成させるべく、ドタバタの日々が始まり…⁉異世界ほのぼの温泉奮闘記！

ISBN978-4-8137-0805-6 ／ 定価：本体620円＋税

『陰陽師　榊原朧のあやかし奇譚』御守《みもり》いちる・著

祖父の死から怪奇現象に悩まされる志波明良22歳。幽霊に襲われたところを絶世の美貌を持つ陰陽師・榊原朧に救われる。榊原に除霊してもらった志波だが、高額な除霊料に加え、大事な壺を割ってしまう。借金のかたに彼の下で“シバコロ”と呼ばれ、こき使われるが…。榊原は腕は一流だが、実はかなりのくせ者！そんな榊原の無茶ぶりに振り回されながらも、依頼主たちの心に潜む“謎”を解くため奔走する志波。凸凹コンビは皆の救世主になれるのか…⁉

ISBN978-4-8137-0792-9 ／ 定価：本体590円＋税

『このたび不本意ながら、神様の花嫁になりました』涙鳴《るいな》・著

昔からあやかしが見えることに悩まされてきたＯＬの雅、25歳。そのせいで彼氏には軒並み振られ、職場にもプライベートにも居場所がなかった。しかしある日、超イケメンの神様・朔が「迎えにきたぞ」と現れ、強制的に結婚することに⁉　初めは拒否する雅だが、甘い言葉で居場所をくれる朔との夫婦生活は思いのほか居心地がよく、徐々に朔を受け入れる雅。だがこの夫婦生活には、過去に隠されたある秘密が関係していた…。胸キュン×癒しの“あやかし嫁入り”ファンタジー小説！

ISBN978-4-8137-0793-6 ／ 定価：本体640円＋税

『さよならの月が君を連れ去る前に』日野祐希《ひのゆうき》・著

幼馴染の真上雪乃が展望台の崖から身を投げた。その事実を現実のものと信じることができない、高校二年の連城大和。絶望のなか、大和は一冊の不思議な本と出会い、過去の世界へとタイムリープに成功する。運命を変え、雪乃の死を回避させるべく、ありとあらゆる試みに奔走するが、大和の献身的な努力とは裏腹に、ある日雪乃は驚きの事実を打ち明ける……。最後の賭けに出たふたりに待つ衝撃の結末は⁉　スリリングな急展開に、一気読み必至！

ISBN978-4-8137-0794-3 ／ 定価：本体580円＋税

スターツ出版文庫　好評発売中!!

『君を忘れたそのあとに。』　いぬじゅん・著

家庭の都合で、半年ごとに転校を繰り返している瑞穂。度重なる別れから自分の心を守るため、クラスメイトに心を閉ざすのが常となっていた。高二の春、瑞穂は同じく転校生としてやってきた駿河と出会う。すぐにクラスに馴染んでいく人気者の駿河。いつも通り無関心を貫くつもりだったのに、転校ばかりという共通点のある駿河と瑞穂は次第に心を通わせ合い、それは恋心へと発展して…。やがてふたりの間にあるつながりが明らかになる時、瑞穂の“転校”にも終止符が打たれる…!?

ISBN978-4-8137-0795-0 ／ 定価：本体570円＋税

『ご懐妊!! 2～育児はツライよ～』　砂川雨路《すながわあめみち》・著

上司のゼンさんと一夜の過ちで赤ちゃんを授かり、スピード結婚した佐波。責任を取るために始まった関係だったけど、大変な妊娠期間を乗り越えるうちに互いに恋心が生まれ、無事に娘のみなみを出産。夫婦関係は順風満帆に思えたけれど…？育児に24時間かかりっきりで、“妻の役目”を果たせないことに申し訳なさを感じる佐波。みなみも大事だし、もちろんゼンさんも大事。私、ちゃんと“いい妻”ができているの——？夫婦としての絆を深めていくふたりのドタバタ育児奮闘記、第二巻！

ISBN978-4-8137-0796-7 ／ 定価：本体580円＋税

『お嫁さま！～不本意ですがお見合い結婚しました～』　西《にし》ナナヲ・著

恋に奥手な25歳の桃子。叔父のすすめで５つ年上の久人と見合いをするが、その席で彼から「嫁として不足なければ誰でも良かった」とまさかの衝撃発言を受ける。しかし、無礼だけど正直な態度に、逆に魅力を感じた桃子は、彼との結婚を決意。大人で包容力がある久人との新婚生活は意外と順風満帆で、やがて桃子は彼に惹かれていくが、彼が結婚するに至ったある秘密が明らかになり…!?　“お見合い結婚”で結ばれたふたりは、真の夫婦になれるのか…!?

ISBN978-4-8137-0777-6 ／ 定価：本体600円＋税

『探し屋　安倍保明の妖しい事件簿』　真山《まやま》 空《そら》・著

ひっそりと佇む茶房『春夏冬』。アルバイトの稲成小太郎は、ひょんなことから謎の常連客・安倍保明が営む“探し屋”という妖しい仕事を手伝わされることに。しかし、角が生えていたり、顔を失くしていたり、依頼主も探し物も普通じゃなくて!?　なにより普通じゃない、傍若無人でひねくれ者の安倍に振り回される小太郎だったが、ある日、安倍に秘密を知られてしまい…。「君はウソツキだな」——相容れない凸凹コンビが繰り広げる探し物ミステリー、捜査開始！

ISBN978-4-8137-0775-2 ／ 定価：本体610円＋税

書店店頭にご希望の本がない場合は、書店にてご注文いただけます。